新編 虎が雨

高橋誠一郎

慶應義塾大学出版会

歌川廣重　保永堂版『東海道五拾三次之内　大磯　虎ヶ雨』(慶應義塾所蔵)

新編　虎が雨　目次

挿画　鈴木信太郎

凡例

一、本書は、『虎が雨』初版（平成六年、慶應通信）に、増補し、新たな編集を施したものである。初出は各編の文末に記した。

一、初出時に旧字・旧仮名づかいを使用している文章は、現代の読者の便宜のために新字・現代仮名づかいにあらためた（ただし、引用文の仮名づかい、画家名、浮世絵作品名などの字体は原文のままとした）。

一、解説の必要な事項については、各編末に編者注を付した。

一、本文中に、今日の人権意識に照らして不適切と思われる表現箇所が含まれるが、作品の時代的背景と、著者がすでに故人であることを考慮し、手を加えなかった。

新編　虎が雨

虎が雨

二十年も昔のことである。山荘の形ばかりの門をくぐって、楓の青葉に覆われた長い急な坂道を登って行くと、その中途の腰掛台に、二人の婦人の休んでいるのが見えた。近づくと二人とも立ち上って挨拶をしてくれた。若い方は、およしさんといって、町で仕立屋をしている婦人であることが直ぐに分ったが、老婦人の方は全く記憶にない。それでいて、妙にこの人の方が親しみの多いような気がする。はて誰れだろう、といささか気にかかりながら、軽く会釈しただけで、歩みもとめずに玄関の方へ急いだ。その頃、山荘ではおつるという七十近い婆さんと、松五郎と呼ぶ聾《つんぼ》の男を使っていた。およしさんは彼れ等と馴染みと見えて、時々やって来る。「誰れだい、今、およしさんと一緒に帰って行ったお婆さんは？」ときくと、小今という町の芸者の母親で、およしさんに頼んで、庭を見せて貰いに来たのだ、ということである。お庭拝見というほど、立派な庭でないことはもちろんだが、近く山に挟まれ、遠く海を見渡す景色が、一寸いいので、何かのつてを求めて、登ってくる町の人も一年に一人二人はある。およしさんの懇意にしている芸者屋のおかみさんが庭を見せてくれろといって、やって来るのに別段不思議はないが、何故、この老婦人を私はひと目見ただけで、旧知のように思えるのであろう。芸者屋のかみさんに馴染みがないばかりか、大磯に住んで十年、未だ一度もこの町の芸者をよんだ経験などはないのに……。

如何《どう》でもいいことだとは思いながらも、変にこの婆さんのことが気にかかる。大分、頭を悩ました果てに、それからおよそ、一週間ほどして漸く思い出した。あれは確かに、私が予科の学生時代

に暫《しばら》く下宿しておった三田の横井という家のおかみさんに違いがない。なにしろ、二十年も昔のことであるばかりでなく、大磯と三田、芸者屋と下宿屋、かなり違いが甚しいので思い出せなかったのである。

私は慶應義塾学生生活の十年間を大半は寄宿舎で過した。ただその間に三年ほど、友人五、六人で一緒に借家をしたり、素人下宿や、本職の下宿屋を転々したりしたことがある。その一軒が、今、思い出した横井である。三田の春日神社のすぐ側で、お客は僅《わず》かに三、四人しかいない、極めて小さな下宿屋であった。亭主は、もと錺職《かざり》であったということであるが、その頃はなんにもしないで、一日中ごろごろしていた。名古屋生れだそうで、いつも話すことは、自分の腕のすぐれていたことと、お国自慢とであった。金具類の細工なら、なんでも腕にまかせて、思いのままにやってのけたが、ただ一度困ったのは、磁石仕掛で、いかさま博打《ばくち》の骰子《さいころ》を造ってくれという注文を受けた時であるという話や、名古屋芸者と東京芸者とが芸競べをやり、最後に両方とも種がなくなった時、名古屋芸者が床の間にあがって、鯱立《しゃちほこだ》ちをやり、「金の鯱《しゃちほこ》で御座い」とやったので、ついに名古屋の勝利に帰したというような話を、得意になって若い学生たちに聞かせていた。夫婦の間に子供は男女二人あるが、男の方は、今、神田に下宿して、薬剤師の試験準備をしている、女の方は甲府へ養女にやってあるというようなことを、かみさんは話していた。そんなことから、よくこの下宿で鯥《むつ》の煮つけを食べさせられたことまでが思い出される。私はこの家に半年ほどもおって、寄宿舎へ帰ったように記憶している。

△

おつるが町へ出かけたついでに、およしさんの家へよって、尋ねてもらうと、下宿屋をしておったかどうかは知らぬが、時々慶應の学生さんの話をする、いまの家号は今槌というのだが、本姓は確かに横井と呼んでいる、というようなことが分った。先方が芸者屋でないと、散歩のついでに立ち寄って、昔話をしてみたいが……と思っているうちに、お婆さんは、着物を着換え、菓子折をさげて、改めて私を訪問してくれた。先方も私のことを思い出したのだそうだ。婆さんは二時間余りも話をして帰った。上杉とか高屋とかいう一緒に下宿しておった連中は今、如何しているか、と向うで問えば、こちらでは、お爺さんは達者か、息子さんは薬屋をしているか、というようなことをきいた。爺さんは何年か前に死んだ。今、芸者をしているのが、その当時、甲府の芸者屋へ預けておいた娘だ。甲府でできた旦那の別荘が大磯に在る関係から、大分以前にこの土地へ出て来て芸者屋を開いている。倅《せがれ》の方は何度薬剤師の試験を受けても落第ばかりしていたが、今では、すっかりその方は思い切って、女房と一緒に妹の家に世話になって、箱屋代りにまめまめしく働いている、ということまで話した。今の商売は忙しいかときくと、全く駄目だと答える。実際、その頃はもう遊蕩気分のお客などはこの町へはほとんど来なくなってしまっていた。大磯は静かな、住みいい町になったと私どもは喜んでいるが、芸者屋稼業などをしている人たちにとっては、まことに困ったさびれかたであろう。

　大磯といえば、「虎御前」以来、遊宴の地を想像させられる。「今夜到㆓大磯㆒令㆓止宿㆒給㆑召㆓遊君等㆒被㆑尽㆓歌曲㆒」と『東鑑』に記されている鎌倉時代の盛り場も、いつしか荒れに荒れて、明治維新以後は、ただ海潮の岸を噛むに委せた古駅と化しておったのであるが、万事西洋かぶれのした時代となって、海水浴の衛生に益あることが宣伝せられると、俄かに繁昌し出して、世に時めく藩閥政治家や、御用商人などが続々と別荘を建築し、就中、貨殖の才に長じた薩摩の大官連は、あちらこちらと形勝の地所を買いあさり、旅館、料理店、芸者屋の数も著しく増加して、一嚢一笻道人と名乗る人の語を借りて言えば、まことに「建久の大磯再び明治の今日に興り、義盛・景季の徒、重ねて此の地に來り、將さに祐成・時致と、虎・少將を争はんとするの鞘當狂言を再演せんとす」るの有様であった。初代廣重*の描いている「虎が雨」に濡れた海浜の古駅の趣きは、いつか、明治版画のあくどい『大磯海水浴繁昌之圖』と代った。しかし、その繁昌も永くは続かなかった。他の地域に新しい海水浴場がどしどし開設されることになったばかりでなく、交通機関が便利となるに連れて、浴客の数は増しても、日帰り、弁当持ちが多く、旅館や料理屋は次第にさびれていった。遊興地は小田原や熱海に移った。東京や横浜から芸者を連れて来たり、呼び寄せたりするお客は時たまあっても、土地の芸者をよんで淡い哀調にひたりながら、静かに旅情を味わう左金吾《さきんご》はほとんど無くなった。芸者の数は段々と減じた。この婆さんの娘の小今や、伊藤公爵在世の頃にご贔屓《ひいき》を受けたという〆吉などが、おそらくこの町の最後の芸者であろう。「御別荘からお招きを受け、お女中衆のお手伝いをして、お客様がたのお給仕をするのが、一番いい実入りでしたが、そういうお座敷も今では全くかからなくなりました」と彼の女は、しめッぽく物語っていた。

　この老婦人は、その後間もなく死んだ。およしさんも若死にした。小今という芸者は、甲州の旦那に死に別れて、坂東彦三郎の弟子のある役者と夫婦になり、芸者をやめて、歌澤の師匠をしておったが、これも十年ほど以前に死んだということを聞いた。散歩に出た折などに、小さな歌澤の看板をかけた小家から、ゆるやかな撥《ばち》音のもれて来るのを聴いたことはあったが、その三味線の主の顔を見たことは、遂に一度もなかった。

　今では、大磯にただ一人の芸者もいない。二十年前に坂の中途で二人の婦人にあったのも、ちょうど今頃のような気がする。虎が雨というのはやはり今頃降る雨であろう。楓の青葉に、今、細い雨が降りそそいでいる。

（『三田文学』昭和十六年八月号）

＊　一立斎廣重、保永堂版『東海道五拾三次』のうち、「大磯　虎ヶ雨」口絵参照。初代廣重の名について高橋は次のように説明している。「一柳齋豐廣の弟子となり、文化「九年九月、一遊齋歌川廣重と名乗つた。後、一幽齋、或いは幽齋と改め、更にその後、一立（粒）齋と名乗つたが、嘉永三年の頃、一立齋の號を講釋師文車に與えて、爾後多く立齋と稱した」。
（高橋誠一郎『新修浮世繪二百五十年』中央公論美術出版、昭和三十六年、二八三ページ）

狐

私は大正四年の夏以来、神奈川県大磯の山荘に居住している。

山荘は海抜およそ三百六十尺の丘陵、王城山の半腹に位し、谷を隔てて、坂田山に対している。王城山と坂田山の間を三澤川の小流が緩やかに流れている。谷はかなり深い。雲がしばしば湧き上る。「王城山」は「頬白山」が訛《なま》ったのだと言われているくらい小鳥がたくさんにいる。小鳥ばかりでなく荘内の叢からはときどき大きな山鳥が飛び立つ。秋は殊《こと》に懸巣《かけす》の声が喧しい。池の金魚を翡翠《かわせみ》が狙う。犬が野兎をくわえてくることもある。庭木の手入れをしていた植木屋たちが狸のいるのを発見し、生捕りにするつもりで、松葉いぶしをかけ、ついに窒息させてしまった悲劇もある。近年は奥山の樹木がおびただしく伐られたので、隣りの故鈴木梅四郎氏*の農園には猿が来たという話を聞いた。しかし、狐を見たという者は誰れもない。庭のこんもりとした所に稲荷の小社が据えてあるが、御霊は入っていない。然るに、私の山には狐が棲んでいると、かたく信じきっていた男が一人いた。

山荘で久しく使っていた老婢の婿に当る男がそれである。以前は日暮里で大工をしていたが、酒好きで、仕事を懶《なま》けるので、お出入りの屋敷の数も減り、関東大震災の直後に平塚へ引越して来て、お浪という女房に鮨屋を開かせ、自分はのらくらしていた。当時、大工が不足なので、一、二度ちょっとした仕事をこの男にさせてみたが、腕はなかなかしっかりしていた。薄野呂《うすのろ》とみんなに言われているくらい、善良至極な男であった。お浪とはだいぶ年齢が違っていた。始終、女房に「爺さん」「爺さん」と言われているので、母親までが、婿のことを「爺さん」と呼んでいた。

ちょうど、春の彼岸のことであった。女房のお浪は朝早くから稲荷鮨をこしらえ、重箱を亭主に持たせて山荘に届けさせた。「お山の旦那は稲荷鮨がお好きだから」というのであるが、実は私よりも自分のおふくろに食べさせたかったのであろう。朝っぱらから、ちびりちびり飲んでいて、容易に腰を上げようとしない亭主を、お浪は、早く行かぬとお昼の間に合わぬ、といって、急き立てたということである。

平塚の新宿《しんしく》から大磯の山手まではおよそ一里はある。大工くずれの鮨屋の亭主は、一杯機嫌

花水橋畔からのぞむ高麗山

で重詰めの稲荷鮨をぶら下げ、春の日をあびて、花水橋を渡り、長い東海道の松並木をぶらりぶらりと山荘に向って歩いた。

私はその日、お浪が彼岸の配り物に稲荷鮨を持たしてよこすということをまるで知らないので、正午頃に、例のとおりパンと牛乳の簡単な昼飯をすませてしまった。なんのこともなく、日は傾いて午後の四時頃になった。枯っ葉を掻きに熊手を持って、丑の刻詣りが呪いの五寸釘を打ち込んだ老樹もまじっている荘内の杉林に入った老婢は、思わず、驚きの声をあげた。木暗《こぐら》い森の中で、彼の女の婿は、黒助、赤右衛門という当時私の飼っていた二疋の猛犬の首を抱いて、かわるがわる頬ずりし、涙を流して感謝していた。彼の前には、空《から》になった重箱が置かれていた。「爺さん」は、山の狐に魅《ばか》されたのを、二疋の犬に救われたのだとかたく思い込んでいるのであった。

爺さんが山荘の門に達したのは、おそらく昼少し前のことであったであろう。本街道を西に

歌川廣重『東海道五拾三次』平塚　縄手道（慶應義塾所蔵）

向って下って来る時には、好い天気ではあったが、まだ三月の下旬のことで、頬を撫でる春の風が稍《や》や冷たかった。それが、三澤川にそって、谷間《たにあい》に入ると、急に風が無くなって、空気は重く、生暖かかった。門の扉をあけると、下庭の奥の方に、川にのり出して、彼岸桜がただ一本、曙《あけぼの》色にパッと咲いているのが目についた。

門を入って、玄関まではちょうど九十間ある。爺さんは桜を眺めながら、いい気持で長い坂道を登り出した。本道を行かずに、横道へ入って杉林を抜けると、幾分距離が縮まる。彼はいつものように、この横道を通り抜けようとした。そうしているうちに、ばかに眠くなった。もう少しで、玄関だ、と思いながらも、どうにも我慢が出来なくなった。爺さんは、とうとう、重箱を投げ出して、杉林の下草の上に横になってしまった。
頬っぺたに、異様の触覚を感じて、彼が目を覚ましたのは、三、四時間後のことであった。犬が二疋で彼の顔をなめていたのである。風呂敷は解けて、重箱の蓋ははずれ、中は空っぽになっていた。日の当らぬ杉林の中はもう、うすら寒かった。稲荷鮨を持っていたので、悪い狐にばかされたのだ、二疋の猛犬は勇敢に狐を追い払って自分を助けてくれたのだ、犬がいなかったら、自分はどうなったか判らぬ、と爺さんは深く思い込んだのである。自宅で飲んだ酒の酔いが俄《にわ》かに発して、ぐっすり眠りこけた間に、犬が稲荷鮨をみんな食べてしまったのであろう、といくら言って聞かしても、彼は終に肯《がえん》じなかった。翌日は、パン菓子を買って来て黒助と赤右衛門をしきりにねぎらっていた。

女房のお浪はそのころ妊娠していたが、過労のために流産し、これがもとで、若死にした。爺さんは愛妻を失った気落ちのせいか、それとも、働き手をなくした生活難のためか、その後間もなく、梁に細帯を掛け、首を縊って死んだ。母親はやがて老衰のために、私の家から暇をとって、横浜の伜《せがれ》の家へ帰った。黒は汽車に轢《ひか》れて、赤は老病でいずれも死んだ。杉の木立も、時々の必要に駆られて、一本二本とだいぶ伐られたが、森の中は依然として薄暗い。

（『聖丘』昭和十八年）

＊鈴木梅四郎　文久二（一八六二）年～昭和十五（一九四〇）年。実業家、衆議院議員。明治二十年慶應義塾卒業。『時事新報』記者を経て、王子製紙専務取締役などを歴任。社団法人実売診療所を設立、大正末から昭和初年にかけての医療社会化運動の先駆者であった。

金庫

一

私の小さな家には不似合いな大きな金庫がある。その大金庫が昨年の暮から、今年の正月にかけて、玄関の敲土《たたき》の上に傲然と頑張っていたのだから、他人《ひと》の注意を惹かぬ筈がない。来客の誰れでもが、みんな怪しんで目を睜《みは》る。懇意な人は、勿論、いわれをきく。暮の二十九日にわざわざ歳暮の挨拶に来てくれた国民学術協会の雨宮庸蔵君を玄関に送り出して、同君が式台に腰をおろして、靴の紐を結んでおられる間に、問われるままに、手短かに事の次第を物語ると、結び終って立ち上った同君は、「随筆の材料になりますね」と笑いながらいう。「エヽ」と答えて私も哄笑したが、まさか、と思っていると、新年になってから、同協会とは関係の深い中央公論社から、是非金庫物語を書け、という再三の依頼である。到頭《とうとう》、おだてに乗って筆は取ったものの、別段、珍談奇聞というではなく、私の拙い筆では到底面白い読物などにはなりそうもない。

二

関東の大震災で、横浜の家を焼かれた私は、大磯の山荘から東京へ通う億劫さに堪え兼ねて、自分一人で住むささやかな家を探し求めた。最初は大森海岸のある料理屋兼旅館の離れ座敷になっている茶室一棟を借りた。*もとある富豪が数寄をこらして建てたとかいう小庵で、「柱は全部檳榔子《びんろうじ》ですよ」と主人は自慢そうに説明した。少し贅沢過ぎる嫌いはあるが、居心地は決して悪くはない。女中も気がきいているし、料理もまずくない。主人も主婦も至って親切もので、この一棟は、完全に私のために提供せられ、一週僅かに三日しか宿泊することがないのに、いくらお客が立て込んでも、ただの一度もここを使用したことがない。しかし、その親切が、私にはやがて甚だ心苦しいものとなった。震災後の復興気分が濃厚となるにつれて、郊外の料理屋などは、いずれもどえらい景気になって来た。いくら騒がれても、雨戸さえしめてしまえば、母屋から伝わって来る三味や太鼓の音もさほど邪魔にはならないが、きのうは十五組お客を断った、きょうは二十組断った、と聞くのが如何《いか》にもつらかった。私の占領している離れ座敷は、狭いながらも、優に、小あがりならば、二組の客をいれることが出来る。

こんなわけで、借家さがしを始めることになったが、気に入る、入らぬは愚か、てんで空き家というものがない。私の困っているのを見兼ねてか、新宿に地所や家作を持っている、もと私の研究会《ゼミナール》の学生であった某君が、大急ぎで、空地に一軒、小ぢんまりした家屋を建てて住まわしてくれた。新しい木の香に若い家主の好意を感激しながら、約一年半をこの新宿の借家で過した。そうしているうちに、この界隈の物凄い発達振りが、またも私をして転居を思い立たせた。閑静で、それで比較的交通の便利な郊外に、安い小家を購いたい——と思って私はその周旋を二つの信託会社に依頼した。これ等の会社には、いずれも昔、私の講義を聴いた人たちがおって、深切に世話をしてくれた。殊に、B信託には、私の最も古い学生の一人である某博士がおられて、部下を督励して、熱心に探してくれた。私は何軒かの売家を見てあるいた。その中には、ほとんど荒《あば》ら屋に近い陋屋の薄汚ない座敷に、十二単衣を着たさるやんごとない女官の写真を掛けたものなどがあった。面窶《おもやつ》れのした主婦は、自分は、この女官の姪に当るものであり、床の間に飾ってある人形は宮中からの御下賜品であるということを物語った。維新の前夜、満朝危懼の日にあって、よく輔弼の任に当ったこの一族の某公卿や、その嫡孫で、小間使との純真な恋愛から、廃嫡となり、向島に長らく侘住居《わびずまい》をした果てに、到頭自殺したと聞いている私とは同窓の哀れな某君のことなどが思い出された。

漸くにして、買う約束の出来た家は、何でも、昭和二年のパニックで休業した某大銀行の行員とかの住んでいる、建ててからまだ間もない洋風の家であった。ところが、愈々《いよいよ》手金を渡すという日になって、細君がどうしても売るのは嫌やだと言って承知しない、誠に恐縮至極ではあるが、解約して貰いたいという通知を信託会社から受けた。細い給料の中から、長い間、苦しい思いをして貯蓄した金で、やっとの思いで建てた家が、どうして売られよう、と細君はヒステリックになって叫んでいるということである。私が信託の若い社員につれられてその家を見に行った時、部室々々を丁寧に案内して、なかなか金のかかった普請であることを雄弁に私に説明しておったあの奥さんが、どうして僅《わず》か二三日の間にそう変ったのであろう。私には甚だ不思議に思われたのであるが、さほど気に入った家でもないので、あっさり解約を承知したのであるが、この家を周旋した深切な若い社員は、会社の信用にかかわるということで、ひどく上役から叱られたそうである。

その内にいま一つの信託会社の方から、渋谷のある公爵の所有地を分譲するから、その一口を買っては如何かという勧告を受けた。まだ広告を出していないから、今のうちなら何處《どこ》でも自由に選択することが出来るとのことである。早速見に出かけたが、見晴しのいい高台で、学校へ通うにも至極便利な土地のように思われた。即時、手附金を渡して、やがて登記のすむのを待って建築にとりかかるつもりにしていた。ところが何時《いつ》まで待っても、登記をするから、後金を支払えという通知が来ない。分譲地は、ほとんどみんな買手が附いて、建築を始めたものも、ぼつぼつある。早いものは、もう竣工を見そうになっているが、一番先に契約した私の分だけは、まだ売買が完全に終っていない。勿論、私は信託会社へたびたび電話をかけて催促することを怠らなかった。初めの中は、ただ、いま暫くお待ちを願いたい、というだけの挨拶であったが、こちらから、その理由を求められると「地目変換が手間取りますので……」という返辞であった。しかし、何故私の買った一口だけが特に地目変換が遅れるのであるか、私には甚だ腑に落ちぬものがあった。さすがに私も業を煮やして、会社の不動産部へ出かけて行って厳談すると、ようよう事の真相が判った。正直に打ち明けられて見ると、あんまり馬鹿々々しい話なので、おこる張合も抜けて、私はただ、げらげら笑って引き取った。この大信託会社は、某公爵からその所有地の分譲を依頼されて、誤って、その隣りのお寺の地所になっているものまでも売ってしまったのである。私の契約した一番西の端にある一口は、半分以上お寺の所有地なのであった。この馬鹿気た話を、大信託会社の体面を損ねまいとして、妙に容体振って弁じている若い事務員が、幸いにも自分の学校の卒業生でないことを私は密かに感謝した。

漸く寺の住職を説得してその地所を売却することを承知させはしたものの、檀家総代の承認を得なければならぬとか、東京府の許可を受けなければならぬとか、色々厄介な事があって、登記がすむまでには八、九箇月もかかった。さて、愈々普請となると、前のB信託会社のS君が見えて、建築は是非自分の方でやらしてもらいたい、地所家屋全部のお世話をしたかったのであるが、地所の周旋の方は、I信託さんに取られて、実に残念である、せめて建築だけは自分の方でやらしてくれ、という申出であった。一学究の独棲する燐寸箱《マッチばこ》のような家を建てるのに、日本の最大なる二財閥が競争しているように感ぜられて、私は微笑を禁じ得なかった。S君の世話でB財閥土地部のO技師が設計、製図、監督の一切をやってくれた。私はすべてを任せ切りにして普請中は、ろくろく見にも行かなかった。和洋折衷のちんまりとした家が出来上がり、留守居も見当って、ここに住むことが出来るようになったのは、昭和四年晩秋のことであったと記憶する。

「共入㆓新屋㆒長㆓子孫㆒」などという新居とはおよそ趣の違った独り者の蝸廬《かろ》である。ただ、寄居虫《やどかり》が蝸牛《かたつむり》に変ったというだけで、相変らず、毎週月曜に大磯から出て来て、木曜日には大磯へ帰る。なかの三晩をこの渋谷の宅に泊るだけで、食事も留守居の人を煩わすのは、三朝だけ、それもパンと牛乳の極めて簡単なものである。昼と晩は大抵外ですませる。寝具の外には簞笥一棹すらない簡易生活である。火事も泥棒も一向恐ろしくない――と言いたいのであるが、ただ一つ心に懸るのは、震災直後から蒐集し始めた浮世絵類である。留守居の者がしばしば家を空けるという噂を耳にする。いくら呼鈴を押しても誰れも出て来ないので、すごすご帰ったというお客の不平をたびたび聞く。主人の私自身が、自分の家へ這入ることが出来ずに、家の廻りをぐるぐる廻っておったこともある。近所には盗難事件が頻々として起る。私の所でも、下水の鉄蓋をみんな盗まれてしまった。こうしたことが遂に私をして浮世絵版画類のために金庫の購入を思い立たせたのである。

三

横浜の宅には二号金庫が一個据えてあった。大地震の際に倉は崩れてしまったが、焼跡にこの金庫だけが残っているという報道があった。幸い、あの怖《おそろ》しい日には、一家悉く大磯に居合せて怪我はなかったが、当時未だ在世の父も私も、廃墟と化した横浜へ出かける勇気を欠いておった。その頃まだ慶應の学生であった私の弟が、父の使命を帯びて、金庫の中の書類を取り出しに出かけた。金庫はうつ伏せに倒れていた。ラグビイ選手の彼れといえども、到底これをあけることは出来なかった。二日目か三日目に、やっとのことで、ドックの職工数名を煩わし、機械の力で、金庫の背面を打ち破り、なかの物を取出すことが出来た。彼れは有頂天になって悦んだ。いくらも入って居ない現金は悉くこれを職工たちにお礼として与えた。どこから集まって来たのか、罹災民の子供たちが大勢、この金庫の破壊されるのを見物しておった。弟はこれ等の子供たちにも喜びを分ってやりたかった。しかし、金庫の中には子供の喜びそうな物は何にもはいっていなかった。そのうちに手に触れたものは、父の集めた古銭であった。彼れはこの古銭を子供等にばら蒔いたのである。そうして、書類を自転車に附けて、意気揚々と大磯へ帰って来た。

書類は少し狐色に変色してはいたが、まず無事であった。私はその事を思い出して、愛蔵の品も金庫の中に入れて置きさえすれば、盗難は無論、火災の虞《おそ》れもまずないものと考えた。ただ版画類が、あの書類のように変色されては困ると懸念して、金庫屋を呼んで質して見ると、彼は返辞に先き立って、二三遍、私の新築の家をぐるぐると見廻し、「誠に失礼ですが、このお宅などが三軒や四軒火に包まれましても、手前の金庫に限って、なかの物を焦《こが》すようなことは断じてございません」と言い切った。そこで、いよいよ、出来たばかりの柵を壊し、縁を剝し、畳を截って、横浜に在ったものよりも遥かに大きい金庫を据え附けることにした。師宣も清信も政信も春信も春章も清長も栄之も歌麿も写楽もここに安住の場所を得たような気持ちがした。ただ末期の錦絵と明治版画だけははいり切らないので、気の毒ながら元のまま葛籠《つづら》の中に残した。

四

かくして十年余の歳月が流れた昨年秋、私はこの渋谷の家屋敷を売却する決心をした。この住宅難の世の中に、東京と大磯と隔たってはいるが、とにかく、今は母と二人暮しの私が二軒の家を占有していることは、如何にも世間に対して申訳がないように感ぜられたばかりでなく、初めには閑静で便利で、至極住みよかろうと思って選んだこの場所が次第に居心地の悪いものになったがためである。

まず私を不愉快にさせた第一は、隣地に渋谷区のプールが出来て、横手の道路を狭めたがために、自動車が廻せなくなったことである。私は近所の人たちから、お前の所有地を間口三尺だけ窄めてくれぬか、そうすれば、どうやらこれまでどおり自動車を廻すことが出来るという依頼を受けた。私は欣んで柵を打ち直し、塀を三尺引っ込めた。水泳好きの私は隣地にプールの出来ることを寧ろ喜んだ。夏の朝、食事前に、水に跳び込む清々しさなどが予想された。ところが、いよいよ出来上って見ると、これは小学生用のもので、断然大人禁止だということである。夏が来て、水泳場が開かれると、近所の青年や職工諸君が、せめて夜間だけでも、大人を泳がせろと交渉する。大人には危険な病菌を持っている者がある。子供に悪い病気をうつしては大変だ、と係りの者ははねつける。それでも夜になると番人がいないので、塀を乗り越えて、勇敢にどんどん飛び込む者がある。見廻りに来た係員と大格闘が始まる。逐い出された鬱憤晴しや腹癒せに石を投げ込む者がある。塀が壊れる、硝子が破れる、その物凄い音響に安眠を妨げられた蒸暑い夜が明けると、今度はプールの水を換えるので、私の方の水道が出なくなっている。顔も洗えぬ始末である。役場の方では、もとより近所の迷惑などを考慮してくれたわけではないが、あまりに打ち壊しの損害が大きいので、遂に番人を置くことに決定した。これで騒ぎだけは幾分少なくなったが、その番人の住宅を建築するために、またも道路が狭められた。私の提供した三尺幅の土地も今では何の役にも立たなくなった。自動車は到底廻らぬ。

第二の変化は、裏の公会堂が学校に変ったことである。北側の窓を開けると青青とした公会堂の芝生が、まるで私の庭のように見下された。春は桜が爛漫と咲き乱れた。その桜も今は大部分伐り倒され、芝生は踏み躙られて、たちまち赭土と化した。ボールが飛んで来て硝子を壊されたことも二度や三度ではない。その学校もやがて他に移転することになって、その跡が、武道場とかいうものに変るのだそうである。工事は秋頃から既に始まっている。私の家の湯殿のすぐ裏が弓場になるということで、あづちが築かれた。裸になって湯を浴びているところへ、流れ矢が飛んで来ないものでもない。

第三に私を憂鬱にしたことは、久しく空地になっていた向側の狭い地所に、三階建てのアパートが出来るという噂である。それが単なる噂ではないと見えて、十一月には混凝土《コンクリート》の破片のようなものを何処からか運んで来た。地形《じぎょう》に使うためとも思われるが、近所の人たちの中には、いやがらせをやって、地所を高く売りつける算段だ、などと取沙汰する者もある。

いっそひと思いに売ってしまおう。この家を建てた時分と較べると、学校の担任時間は約半分に減っている。夜間の講義を依頼されることも著しく少なくなった。大磯からの汽車の時間も幾分は短縮されている。何かの都合で夜遅くなった時は、泊めてくれる家がなくはなかろう。

こうした考えを、私の家で催された隣組の会で一言《ひとこと》漏すと、間もなく、それからそれと聞き伝えたと見えて、色々な種類の人たちが、この家屋敷を値切り倒して安く買い取ろうとしてやって来る。その中に、私を一番乗り気にさせたものは、東京帝国大学の経済学部の某教授が、奥さんの妹さんとかを住まわせるのだから、是非売って貰いたい、という交渉であった。仲介者はその教授の名を秘して談《かた》らない。教授は、私の家の中はよく知っている、見なくともいいというのだそうだ。値段も、私が自分の支払った地所の価格や建築費を原《もと》にして、最近に行われた近所の売買の例などを参照して定めたもので結構だというのである。こんな買手は外には一寸なさそうである。私は、私の東京の家へ遊びに見えた東大経済学部の先生を数えて見た。確かに三人はある。その中の誰れかであろうと、ぼんやり考えた。

引渡は十二月十五日と契約した。留守居の人の落着く先が少しく困難なだけで、私の引上げは極めて容易であると考えていたのであるが、ただ厄介な物は例の金庫である。渋谷の家から大磯の山荘の門前まではトラックで比較的容易に運搬出来るとして、門を入ってから、一丁半、九十間の狭い急坂を如何してあの大金庫を引き上げるのであろうか。重量およそ七百貫とか聞いている。空身で登ってすら息の切れる急勾配を、縦令《たと》い、機械の助けを借りるまでも、上まで引き上げる難儀が思い遣られる。

ところが、この話を聞き伝えて、五百円で運搬と据附を請負いたいと申し出た重量貨物運搬業者があった。五百円！　私は一寸びっくりした。如何にも高いと思った。しかし、正直なところ、いくら掛るものか、私には全然見当が付かなかった。その内にまた、別の人が、何処で聞いたか、手前ならば三百円でお引き受けしますと申し出て来た。五百円と三百円、大分の相違である。いよいよ適正価格を看出し難くなった。そこで私は或る人の推薦してくれた別の運搬業者に、山荘の門前まで、百八十円で請負わせ、後は、出入の植木屋に日当で引き上げさせることにした。植木屋に金庫を引き上げさせた経験は勿論無いが、庭石の大きいのなら何度も運ばせた覚えがある。

十二月四日、金庫を庭へ運び出し、すぐに貨物自動車に積み込めるまでの用意が出来た。翌五日の朝早く渋谷を出発して、正午頃には大磯へ着く予定であった。大磯の方では植木屋が親方職人ともで都合七人顔を揃えて待っていた。トラックは平塚でパンクしたということで、約四時間近く遅れて門前に着いた。短い日はもう暮れかかっている。その日は殆んど仕事が出来なかった。翌六日は、冬の雨が冷たく降りそそぐ中を、機械と人間の力で虫の這うよりも遥かに遅い速力で、金庫は一分二分と徐々に進んで行った。一番主要な役割を演じた機械は鎖滑車である。植木屋は「チンボロッコ」と呼んでいたが、恐らく「チェーン・ブロック」というのであろう。坂の三分の一も登り切らぬ中に日は落ちた。翌日も細雨が冷風に雑《まじ》って降っていた。金庫の中には版画類が、ぎっしり詰め込まれ

山荘へつづく坂道（現在）

たままになっている。大丈夫とは思いながらも、もしや雨が滲み通ってはと気が気でない。ところが、それどころでない大事件が、持ち上った。かねて平塚の病院に入っておった植木屋の親方の長男が危篤に陥ったという電話が掛って来たのである。女中が駈け出してその旨を告げると、彼れは仲間を顧みて、「どうすべい」ときいた。仲間は異口同音に「どうすべいも、こうすべいもねーだろう、すぐに行ってやれ」と答えた。総司令官を失って、金庫はその日、八合目という所で停った。

親方の伜はその翌朝死んだ。私の母が早速弔《いた》みに出かけると、彼は気抜けがしたようにただぼんやりと坐っており、かみさんは狂人のように泣き叫んでいたということである。金庫の引き上げはこの日も続けられた。職人たちは親方の伜の弔い合戦でもするように勢《きお》い立った。彼れ等は日が暮れても仕事をやめなかった。母と女中たちとは彼れ等のために飯の支度をした。真暗い夜である。電燈屋が来て、電気を一燈道へつけてくれた。漸くのことで、金庫が玄関の敲土《たたき》の上にのったのは十二時近い頃であった。彼等は酒の馳走になりながら、武勲を談《かた》る戦後の勇士のようにその日の奮闘振りを物語り合った。

これから、石屋に来てもらって、土台を築き、大工を呼んで、上屋を造り、その上で金庫をさらに動かさなければならぬ。まだまだ仕事は沢山に残っているが、暮のことで人手はいやが上にも不足している。あとの仕事は年が改ってからということにして、金庫を玄関に残したまま年を越した。三百円でこの仕事を請負った者があったら、大損をしたことは明らかであるが、五百円で引き受けた者が果して儲かったか如何か、計算するのが一寸面倒である。まことに馬鹿々々しい費用を掛けたようにも感じられるが、十二月の十五日限りで十一箇年間にわたる東京の住宅を廃したこと、留守居の給料その他の雑費を節約することの出来るようになったことなどを考え合せると、やはり無駄ではなかったと思われる。

金庫は今では私の部屋の隣りに、どっかりと鎮座している。金の一銭も入って居ない金喰い金庫の方を顧みて、微笑を浮べながらここに筆を擱《お》く。

（『中央公論』昭和十六年四月号）

＊　本書三十六ページ以下、「大森海岸」を参照。

峯岸治三君[*1]

別段、欧陽修を気取って、「至れる哉、天下の楽、終日書案に在り」などとおさまっているわけではないが、学校の講義を終って、大磯の山荘に帰り、狭い書斎の北牖《ほくゆう》の下に坐を占めるとちょっとでも立つのが嫌になる。余程已み難い用事でもない限り学校の講義のない日は断じて東京へは出まいと思っている。そのために義理を欠くことが多い。冠婚葬祭などの場合が殊にそうである。慶應義塾大学法学部教授峰岸治三博士の告別式にも、こうした我儘からついに参列の機を失してしまった。

私は峰岸君とはかなり長い間、同僚として顔を合わせていたが、ついに親しく交際することなくして終った。しかし、私は生前同君の姿を見る度毎に、不思議と、未だ相見ることのなかった同君の少年時代のことが偲ばれてならなかった。知ってからよりも、知る前の方が親しみを感じさせられた。

明治が大正に代った年のことである。病を得て西洋から帰った私は大磯の招仙閣*2という旅館で、秋から春にかけて静養を続けた。私の借りたのは、某富豪が、胸を病む若い愛妓のために建ててやったとかいう「梅の家」と呼ぶ茶室風の離れ一棟であった。旅館の主人は群馬県の出身で伊藤公爵に愛せられ、公在世の頃は滄浪閣*3を訪れる朝野の名士、殊に朝鮮の大官や志士の宿泊するものが多かったと聞いてはいるが、私の滞在していた頃は、既に老主人は数年以前に死し、夏二個月を除いては逗留客も至って少なく、私は一棟三室を占領して静かに病を養うことが出来た。

旅館を経営しておったのは二人の未亡人であった。「大きいおかみさん」と呼ばれていたのは老主人の後妻であり、「若いおかみさん」といわれていたのは、その一人息子で、父に先立って死んだ医学士の後家さんであった。その頃、老未亡人の方は六十に近く、若未亡人の方は四十には未だ大分間があるように見えた。この二人の婦人は、毎日午後の三時頃になると、「御機嫌伺い」と称して、女中に茶菓を持たせて、一日代りに、各客室を訪れた。彼女達はいつも次の間に手をついて、敷居越しに挨拶をした。しかし、若い主婦の方は、慇懃な態度、丁重な言葉の裡にも、どことなく見識張った所があった。「いい器量だが、険がある」――口さがない女中達はよくこんなことを言っていた。

若いおかみさんには男の子が一人あって、今、小田原に寄宿して中学へ通っている、という話を女中から聞いた。母親に似た美少年で、その上、大した秀才だとも彼れ等は取沙汰していた。大抵日曜日毎には招仙閣へ帰って来るということであったが、私はついにこの少年と会うことなくして、静養の地を熱海にかえてしまった。

招仙閣（明治中期）（大磯町郷土資料館所蔵）

その後、大正十何年かになって、法学部の助手に峰岸君という秀才のいることを知ったが、それが招仙閣の一人息子であるとは夢にも思わなかった。その頃は、もう招仙閣は破産法の権威加藤法学博士の別荘となっていた。私の借りていた「梅の家」は震災後取除かれてしまった。

噂だけで知っている招仙閣の坊ちゃんと、眼の前に見ている峰岸教授とが同一人であることを知ったのは長年大磯小学校の訓導をしておられた井上先生という老教育家の来訪を受けた時であった。井上先生は自分の教え子の中に二人の慶應義塾教授を有することを誇りとしておられた。その一人が高等部の濱田恒一君であることはすぐに気付いたが、今一人が峰岸治三君であることは全く意外であった。少年時代に長病の母堂と共に大磯に転地しておった濱田恒一君は、慶應義塾卒業後も私の山荘をたずねた帰り路には必ず井上先生を訪うのが例であった。しかし、峰岸君が井上先生の弟子であるばかりでなく、私の記憶に残っている招仙閣の一人息子であることは全く想像もしなかった所であった。井上先生はこの両秀才の少年時代を追想して、濱田君は常に同年配の子供達の先頭に立ってあばれ廻っていたが、峰岸君はいつも超然として運動場の片隅に一人佇んでおったと物語られた。峰岸君が先年法学博士の学位を獲られた時、私は母堂と井上先生の顔を想い浮べた。

もとの招仙閣は坂田山に遮られて私の山からは全く見えない。峰岸君と大磯の話をしたのはただ一夕だけであったと記憶する。母堂は両三年前に逝去せられたということであった。招仙閣時代の旧知で、いま大磯に残っているのは当時この旅館の男衆をしていた「松ちゃん」位のものである。松ちゃんは三十年一日の如く大磯駅の赤帽を勤めている。峰岸君危篤の電報に接して上京し、通夜をして帰ったと、老赤帽は寂しそうに朝のプラットフォームで私に話した。

(『三田新聞』昭和十七年四月二十五日号)

＊1　表題中には「峯」、本文中には「峰」の文字が使われているが、初出のままとした。峰岸治三の長女笠原博子さんによれば、正しくは「峰」であるが、本人は「峯」の文字を好んで使った由。

＊2　明治二十年に建てられたという大磯の老舗旅館。

＊3　滄浪閣は元来、明治二十三年に小田原に建てられた伊藤博文の別荘であるが、本文中の滄浪閣はこれとは別で、明治三十年に伊藤が大磯に建てた同名の別荘。

大森海岸

私は明治四十四年、欧州留学中に病を得て、大正元年日本に帰り、湘南の各地を転々して病養に専念しておったのであるが、翌々三年の春、母校の理財科及び法科で一週五時間の講義を担任することになったので、伊豆の温泉場や相模の海岸から汽車で通うのも億劫だし、さればといって、埃りっぽい東京の空気の中に棲むのも嫌だし、という訳で、大森海岸のM旅館の一室を借りることにした。

まだこの海岸が埋め立てられる前のことで、私の借りた座敷の縁下には、じゃぼん、じゃぼんと波が打っていた。この辺の旅館は、どこもみんな料理屋兼業である。従って芸者のはいることもある。初めて、この旅館に泊った晩は、寝に就く頃までは、一人の客もなく、ひッそりと静まり返っておったのであるが、うとうとと一と眠りすると、間もなく、私は三味と太鼓の音に夢を破られた。毎晩、こんな騒ぎをやられては、とてもたまったものではない。早速宿を代えなければならぬ、などと思っているうちに、私は、またも、うとうととした。その内に夢《ゆめ》現《うつつ》の間に、わめき罵る酔漢の怒声を聞いたように覚えていたが、何時の間にか深い眠りに落ちてしまった。翌朝はかなり遅くまで寝過した。女中達の廊下を拭きながらの話声にようやく目が覚めた。「つまり、芸者が悪いんだよ。あれではお客のおこるのも無理はない」。ゆうべ、食事の給仕をしてくれた女中頭のお清という年増の声である。さては深夜の訛《だ》み声は芸者を罵る客の声であったか、などと思いながら起き上って障子を開けると、もう大分高く上った四月の太陽は、きらきらと眩ゆく濁った海を照していた。

最初、気になった乱痴気騒ぎはそう度々起りはしなかった。諒闇《りょうあん》はあけたが、世間はまだ日露戦役後の第二次好況時代の後を承けた不景気の底から這い上ることが出来ずにいた。梅雨の降り続く頃になると、一組も客の上らぬ日などがあった。滞在客も私の外は全くなかった。債権者と膝を突き合せて、ぼそぼそと泣き事を言っている田舎実業家の声などが、隣室からときどきれとぎれに聞えた。某中学校の校主が、教員達を招待し、芸者をあげて、大陽気に浮れていた。しかし、これは何ヶ月か月給を払わぬ言い訳の饗応であった。そうして、ここの家《うち》はついにこの宴会の勘定を支払って貰うことが出来なかった。最も足しげくこの家を訪れる景気のいい嫖《ひょう》客《かく》は、畑や田圃を宅地に売った馬込辺の百姓達であった。最初の晩に、私の夢を驚かした胴間

小林清親「大森朝之海」(慶應義塾所蔵)

声の主も、やはりその辺の地所持ちであったそうだ。固《もと》より、いくら不景気であるからといっても流石に芸者を呼ぶ客の来ることも屢々《しばしば》であったが、しかし、土地の芸者は断じて泊ることを許されなかった。特別の目的をもった客や芸者は、みんな、早くここを切り上げて鈴ヶ森辺の砂風呂へしけこんだ。しかし、別土地の芸者を連れた客に宿泊を求められると旅館を兼業している手前、流石に拒むことは出来なかった。連れ込みの客が座敷へ通った時には、潔癖な風呂番が、いつも私の部屋へ飛んで来て、早く先に風呂を浴びてくれとせがんだ。彼は自分が海水を汲み込んで立てた風呂を、連れ込みの男女にまず汚されたくはなかったのである。

主人、男衆、女中、いずれも皆、私に親切にしてくれた。料理番の周さんは、私の衰弱したからだを回復させようとして、海鼠《なまこ》の料理をした時などには、よく海鼠腸《このわた》を集めておいて私の膳に上せてくれた。生の海鼠腸は喜んで食べたが、鼈《すっぽん》を料理した際にわざわざ取ってくれた生血ばかりは、どうすすめられても私には飲めなかった。私は別段彼等の親切にほだされたという訳でもないが、とにかく、案外この宿の居心地がよかったので、翌年の暑中休暇前まで、即ち大磯に山荘を設けるまで、長逗留を続けてしまった。前世界大戦によって生じた空前の大活況が始まる直前まで、言い換えると、こうした社会の景気が馬鹿によくなる直ぐ前まで、私は一年有余をこの大森海岸の料理旅籠屋で費したのである。

△

この家に三人の男の子がいた。いずれもみんな、いい子であったが、殊に長男の栄ちゃんは学校の出来のいい、綺麗な少年であった。ちょうど、大正四年の春には、尋常六年を終えることになるので、是非慶應義塾の普通部へ入学させたいと、父親から相談を受けた。私はすぐには賛成出来なかった。私の同級生や後輩の中にも、こうした家庭から来ている学生が何人かあったが、成業した者は極めて稀であった。「卒業するまでに十年もかかる学校などに入れずとも、甲種程度の商業学校でも選んだら如何ですか」と説いてみたが、主人も伜もなかなか、承知しない。栄ちゃんは、とうとう、普通部へ通うことになった。私は慶應義塾学生姿の栄ちゃんを見ること約三ヶ月にしてこの大森の宿を引きあげた。

私はその後、約七ヶ年ほとんど全く大森の海岸を訪れなかった。大正十二年の春、ふと栄ちゃんのことを思い出した。この少年も、もう、本科生になったであろう。事に依ると私の講義を聴いているかも知れぬ、と考えて、名簿を調べて見ると確かにいる。私は彼の大学生振りが見たかったので、クラスの中をことさらに見廻したが、それらしい姿を見出すことが出来なかった。同級生にきいてみると、彼は長く欠席している、或いは退学したのではないかということであった。

この年の九月に大地震があった。横浜の家を焼かれ、大磯の山荘を半潰しにされた私は、再び大森辺の宿屋から通学しようと考えた。初めは同僚の友人を煩して、山手の望水楼ホテルをきいてもらったのであるが、これは横浜の焼け出され外人でいッぱいだということであった。そこで已むなく海岸のむかしの宿へ照会すると、まだ手入れが充分に出来ていないので開業はしていないが、幾分の不自由を我慢してさえくれるならば、すぐにお出で下すっても差支えないという返辞であった。

七年振りで、昔馴染のM旅館を訪れた私は、その立派さに驚かされた。以前私の滞在しておった頃の面影は全くなくなって、部屋数も三倍位にはふえたであろう。その頃は全然なかった離れ座敷の茶室一棟を借りて、私は再びここから学校へ通うことにした。

主人夫婦は健在であった。風呂番と女中は全部新顔に変っていたが、「いつまでも料理番などをしていたくはない。英語でも勉強して、会社勤めがしたい」と口癖のように言っていた周さんはやはり板前に坐っていた。この家の次男は京橋の小間物屋の養子になっているということだし、三男は日本橋のさる有名な割烹店へ料理の修業かたがた住み込んでいるそうである。ところが、長男の栄ちゃんのことになると、誰もみんな、言葉を濁らせる。けれど、栄ちゃんの消息は、いつの間にか、誰が口を割ったともなく、明らかになった。彼は、土地の菊丸という若い芸者に熱くなって、今年の春、家出をしてしまったということである。私は、彼が普通部入学の際に感じた不安が、不幸にして事実となって現れたことを悲しまなければならなかった。私が以前この旅館に長逗留をしている間に、前世界大戦は勃発したのであるが、その当時財界はまだ前途の見越がつかず、景気はなお沈衰しておったのである。私がここを出てから、次第に経済界は活気を呈して来た。場末の花柳界も段々と元気づいて来たことであろう。この料理屋兼旅館も遅れ馳せに座敷を新築して、宴会や小あがりの客を呼ぼうと努めた。その普請がまだ出来上らぬ中に大正九年のガラが来てしまった。その後ちょっとした中間景気が現れたことはあったが、要するに、大戦後の不況に悩まされている間に、遊び癖のついた伜には家出をされ、搗《か》てて加えて、大震災の打撃を受けたのである。震災の復興気分がこの郊外の料理屋を如何に賑わすか、などということは、この当時、主人の夢にも想わなかった所であろう。景気変動の波に漂って来たこの店も、ついに大震災の荒浪に脆くも覆されてしまうのではあるまいかと、主人は青息を吐いていた。

こうした商売上の不安に駆られていた善良な主人は、伜と菊丸との結婚を承認して、彼等を家に入れることにはあくまでも反対であった。私共のような門外漢から観れば、どうせ堅気の商売というではなし、好き合ったなかであれば、たとえ、芸者でも、一緒にしてやっていいではないかと思われるのであるが、主人には、芸者のはいる料理店であるだけに、却って菊丸のような芸者を入れにくい事情がある。芸者だから悪いというのではない。格の低い芸者だからいけないというのである。土地一流の料理店として、二流三流の芸者あがりが帳場に坐っていたのでは、出入の芸者に対して睨みがきかぬ、というのである。しかし、女中達の話によると、菊丸の親が、稼ぎ人をただで取られては困るというので、何千円かを要求していることが、一番話をむつかしくしているらしかった。

私が再び滞在するようになってから、一週間ほどして、この家はあらかたの修繕を終って開業したが、東京の大部分が焼野ヶ原となってしまったためか、客足は案外悪くはなかった。昼の間は店を焼かれた東京の呉服屋が、どこで仕入れて来たか、ろうず物に高い正札を附けて広間で陳列したりなどしていた。

△

冬の休暇中は、どうやら、もとのようになった大磯の山荘に籠っていた私が、正月の十日過ぎに再び大森の宿に帰ると間もなく、一月十五日未明の大地震がやって来た。前の地震で大分建附の会わぬ所の出来ている檳榔子《びんろうじ》普請の茶室が、今にも倒れるような気がして、床の上に起きあがったまま念仏を唱えていると、母屋に通ずる廊下の向うで、「早く先生のお部屋へ行って見ろ！」と女中に命じている主人の声が聞える。私はスウィッチを捻って見たが電気はつかない。やがて、手燭を持って女中が来る。女中の後には主人が続く。私も手早く着物を着かえて、母屋の方へ出る。帳場から、台所へかけては、まことに乱離骨灰、滅茶苦茶の光景が現出されている。膳椀皿鉢の類が悉《ことごと》く棚から落ち、微塵に砕けているものも尠くはない。男衆も女中もただおどおどしているばかりで、手がつけられぬといった有様である。私はその時、ふと台所の隅の方で、寝間着かと思われる粗末な着物の裾を端折って甲斐甲斐しく働いている若い男女の姿に目をとめた。蠟燭の光が暗いので顔はよく判らないが、この家の人たちではないようだ。男はやがて面をあげて、私を見た。と、彼は裾を下して、毀れ物の間を縫って、私に近づいた。名乗られるまでは全く誰れだか判らなかった。栄ちゃんである。七年前の普通部生は、今、慶應義塾大学生にはならずに、やや苦味走った丹次郎になってしまっていた。女はいうまでもなく菊丸である。私はこの時初めて彼の女を見たのである。色の浅黒い、姿の美しいひとではあったが、決して國直の画く米八でも仇吉でもなかった。彼等は近所で侘しい二階住いをしていたのであるが、二度目の大地震と感じるとすぐに、寝間着のままで親の家へ駆けつけたのである。

この「桃山譚」で、栄ちゃんの勘当は、許すともなく、許された。菊丸との二階暮しは、まだ続いたが、栄ちゃんは毎日のようにやって来て、帳場や台所を手伝い出した。やがて、その内に二人でこの家へはいることになるのであろうと思われた。

△

私は、次第に濃厚となった復興気分の気違い景気に煩され、この年の六月にM旅館を出て新宿に借家した。出不精な私は、長らく厄介をかけたこの宿のことを思い出しながら、その後は全く大森の海岸を訪れることがなく、また、宿の人たちと会う機会もなくて過ぎた。ただ一度、市村座の廊下で、菊丸に挨拶をされたことを記憶している。この日は大森海岸の花柳界の総見だということであった。菊丸はM料理店の若いおかみさんとして、丸髷に藤色の手絡《てがら》を掛けていたように思い出される。これが菊丸に遭った最後である。

M料理店の隣りに別荘を持ってゐる某同窓から、栄ちゃんが胸の病気で死んだ、という報知を遥か後れて受けたのは、それから二、三年後のことであった。

さらに一年ほど経ってから、菊丸自殺の記事を新聞紙上で読んだ。これに拠ると、菊丸は夫を喪って後、M料理店を出て、麻布の飯倉で、小料理屋を出していた。別に、近所の娘達に茶の湯や生花を教えておったとも伝えられている。彼の女は、休業の札を掲げ、女中達を映画見物に出し、薄化粧を施し、衣服を改め、障子や襖に目張りをし、ガスを引いて、夫の位牌の前で死んでいた、という報道である。

ところが、その後、さる消息通の話に拠ると、菊丸には夫の生前から情夫があった。商売柄、自宅で病養することが出来なかったので、栄ちゃんと菊丸とは、小さい借家に引き移った。二階には既に足腰の立たなくなった栄ちゃんが寝ている。下の茶の間の長火鉢の前には情夫が脂《やに》下《さが》っている。栄ちゃんは、病と怒りと嫉妬に悶えて死んだ。その情夫に棄てられた悔恨と、亡夫に対する良心の呵責に堪え兼ねて彼の女は死を決したのである。消息通はこう説いていた。本当であろうか。私は何だかこの話を信じたくない気がする。やはり、新聞の記事通り、夫に対する思慕の情に駆られて死んだものと解したい。

△

一昨年の暮、私共の同級会が、めずらしく大森のMで開かれた。私は十六年振りでこの家の敷居を跨いだ。座敷の数は前よりもまたふえていた。景気は素晴らしくいいが、昔馴染が一人も残っていないのが寂しい。半身不随の老女将が近所に別居しているということである。日本橋の料理店へ見習いに住み込んでいた三男が帰って来て、この店の経営をやっているという話であったが、会ってみても、私が初め滞在しておった頃には、僅か五つか六つであったこの新しい主人は恐らく私を覚えてはいまい。私は周さんの作ってくれた海鼠腸の味を思い出しながら水っぽい酒を飲んだ。久しい以前に埋め立てを了った大森海岸の料亭では、縁側へ出ても、もう、石垣を打つ小波の音は聴かれなかった。

(『三田文学』昭和十七年八月号)

坂田山心中

本年（昭和四十三年）一月七日『東京新聞』朝刊所載、草柳大蔵氏執筆の「女性の明治百年」の第四十回は、大磯の坂田山心中を題材としている。次いで、二月四日と十一日の『週刊アサヒ芸能』には、「ニッポン一〇〇年　情死考」第十二話に「処女冒瀆」の題下に、同じ心中事件を取り扱っている。筆者は邦光史郎氏。

坂田山は、私が長年住んでいる王城山と、僅かに三澤川の細流一と筋を隔てて起《た》つ紅葉山続きの小高い丘陵である。昭和四十年六月十三日附けの『朝日ジャーナル』に加藤秀俊氏の書かれた「死への親近感――自殺――」によると、この小山に「坂田山」という名を附けたのは『東京日日』の大磯通信員、岩森傳氏だという。古い地図には「八郎山」と記したものがあるということだが、実際には、土地の人たちもこの丘陵を呼ぶ定まった名称を持っていなかったらしい。今、私の手許にある明治四十年七月一日版の河田羆氏の『大磯誌』には、八郎山も、坂田山も見当らない。昭和十六年七月附けで大磯国民学校郷土教育研究部の出した謄写版刷りの『郷土教育資料』に挿入されている山地図には、王城山の西に、紅葉山に接して坂田山が書き込まれている。この標高四十五メートルの無名の小山で行われた心中事件を取材した『東京日日』記者が、附近の小字《こあざ》が「坂田」であるところから咄嗟《とっさ》に附けた名前であるという加藤氏の説が正しいのであろう。今では、誰れもが、この山を坂田山と呼んでいる。

この事件があってから、もう三十六年になるが、今でも私の山荘を訪れる人のなかには「坂田山というのは何処《どこ》ですか」ときくものがある。私は、いつも、こうした客人を誘って、西側の廊下に出る。ここからは、私の山荘と向い合って小高く聳《そそ》り立つ坂田山の姿が間近かに見える。

坂田山心中のあったのは昭和七年五月八日夜のことである（草柳氏は昭和七年四月下旬と書いておられる）。翌九日の午後何時頃だったろうか、当時なお健在だった私の母が、町へ買い物に出ての帰り路、坂田山からの降り口に当る細径と山荘の入り口に通じる下り坂の交叉点、塾員森村勇氏別荘の門前までくると、大きな荷をおろして休んでいる四、五人の男たちのいるのに気附いた。その中の一人が母に挨拶する。私の家に何度か仕事に来たことのある土方である。「何かね」と母がきくと、その男は「なァに、心中ですよ、男の方は大学生らしいが、親から金を出してもらって、大学まで行きながら、むざむざ死ぬなんて勿体ない話です」という。母は帰ってくると、すぐ、私にその話をしたが、私はその大学生が、よもや、最近まで、私の講義を聴いていた学生であろうなどとは想像もしなかった。

この学生が慶應義塾の制服制帽を着けていたことを知ったのは翌十日の新聞だった。この二十五、六（実は二十四）の学生が大磯駅裏手、東小磯八五二、坂田山の雑木林の中で、藤色の金紗お召の袷《あわせ》を着用した二十一、二の洋髪丸顔の、一見、良家の令嬢風の美人と枕を並べて死んでいるのを発見したのは、山番の伜で、吉川正男さんという二十歳の町の青年だったと報道された。正男さんは坂田山へ松露をとりに行って、二人の屍骸を見附けたのだという。男女の所持品と思われる品々、赤いハンドバッグや鉢植えのヘリオトロープなどの外に、三越の風呂敷に包んだ写真に関する英書や、鈴木三重吉編輯の『赤い鳥童謡集』、北原白秋の詩集、羽仁もと子の著書『みどり児の心』など数冊と、五日夜にしるした男の遺書とが発見された。遺書には「もし私が明六日夜になっても帰らなかったら、この世のものでないと思って下さい（中略）。湯山さんのお家の方が見えたら八重子さんの手紙をお渡し下さい。八重子さんからの手紙が全部まとめてあります。先月十七日以来、心がけて、部屋を片づけて置きました。今日も花を飾りました。もう思い残すことはありませぬ。幸子を可愛がって下さい。うみのお母さんの墓にも詣って来ました。生みのお母さんが懐しい、懐しい。もう直ぐお傍へ行かれます。では皆様左様なら。五郎」と認められていた。この「五郎」というのを手掛りに、九日の午後二時頃、大磯の警察署は慶應義塾に問い合せたのである。学校の方でも、調べたのであるが、「五郎」とだけでは、それらしい学生の姓名を発見することが出来なかったという（『東京朝日新聞』五月十日号）。

この学生が芝白金三光町八二、東京貯蔵銀行員、調所《ずしょ》定氏の長男で、慶應義塾大学経済学部（筆者は理財科と記している）三年生の五郎君であることを知ったのは十一日の紙上である。草柳氏は、五郎君を調所男爵のむすこと書いておられるが、当時の『朝日新聞』は、「芝三田小山町、某男爵の親類に当る」と記している。五郎君は「優秀な慶應大学の学生」だったといわれている。

当時、私は経済学部で経済原論と経済学史の講義を受け持っていたので、調所君はたしかに私の授業を受けた筈である。しかし、学生の多いためか、それとも、私の迂闊のせいか、私は調所五郎という学生について何の記憶もない。ただ、この事件があって後、他のある必要から、前学年の試験答案の調べ直しをしたことがある。当時は一学年間に二回筆記試験をやることにしていた。ふと、調所君のことを思い出して、とくに調べると、第二学期に行った試験は受けているが、第三学期の末に行った試験の答案は見当らなかったように記憶する。三月の頃には、もう、懊悩煩悶、受験どころではなかったのであろう。

この頃亡くなられた文学部教授奥野信太郎氏[*1]が「坂田山心中」という随筆を書いておられる。いつ書かれ、何に載せられたものであるか、今のところ私には分らない。私は図書館の大田臨一郎君に教えられて、『現代知性全集』第七巻「奥野信太郎集」で読んだのである。

奥野氏が自分のクラスの授業を終えて、教員室の方へ廊下をもどって行くと、「みるからに気の弱そうな、おとなしい上品な学生」が、後から、いきなり「先生！」といいながら追い縋ってきた。「ちょいと御相談があるんですけれど、今晩か明晩、お宅へお邪魔してもいいでしょうか？」。学生と談笑し、飲食を共にすることを好んだ奥野氏は、普段だったら、直ぐ「ああいいとも」と答えるところだったが、生憎と、その日も、その翌日も、やむを得ない用事が重っていたので、「明後日ならいいが……」と返事した。「はあ」と、その学生はいったきりで、すごすごと向こうへ歩いていった。その淋しそうな後姿がいつまでも奥野氏の眼に残った。この若い学生が調所五郎君である。このことがあってから数日後、奥野氏は坂田山心中を知ったのである。

「もし、あのとき、わたくしが家でゆっくりと調所君と話をすることができたなら、かれからいろいろなことを聞くことができたなら、そしてわたくしがなんらかの助言をすることができたなら、あるいはかれは死なないでもよかったのではなかったろうか。少なくともわたくしに相談があるといったことの内容は、かれ自身の一身上のことであったろうということは十分推測がつく」。彼は、死の決行二日前まで登校して、いつも窓に近い席に坐って、奥野氏の授業を受けていた。氏は「今にいたるまで、生前かれがわたくしとゆっくり話す機会をもちたいといった希望にそえなかったことが、胸痛む、はげしい後悔の念となってのこっているのである」と結んでいる。

私はこの美しく悲しい文章を深い感銘をもって読んだのであるが、ふと、これには、大分、奥野氏の想像の産物がまじっているのではあるまいかという疑問が湧いてきた。奥野氏が慶應義塾大学の講師になったのは大正十四年九月であり、予科教授兼文学部講師に任ぜられたのは昭和十三年である。昭和七年に経済学部三年生として死んだ調所君を、その死の直前、予科のクラス主任として受け持つことが果して出来たろうか。

草柳氏は、坂田山心中が「遺品から考えてみても、きわめて甘い精神年齢の中に行われたことがわかる。もうすこし踏み込んでみると、調所が湯山に二人の結婚の暗さを語る動機になったのは、蓑田胸喜教授から叱責されたことにある」と申しておられる。四月のある日、調所君が学校へ行くと、いきなり、蓑田教授に呼びつけられて「なぜ軍事教練をなまけるのか」と、こっぴどくしかられたとのことである。そればかりでなく、蓑田氏は「おまえのような軟派学生が、ある女性に入れ知恵をするものだから、立派な青年の結婚申し込みが、はかばかしくゆかないのだ」と追及した。これは、二人の通っている三光キリスト教会の松本牧師から八重子さんに結婚の申し込みがあったことを意味する。この牧師さんは湯山家から気に入られていたとしるされている。草柳氏は、この情死事件が「清純な関係」という評価のほかに、一人の気弱な大学生が当時のファシズムの波を正面《まとも》に受けていたという事実を見逃すわけにはゆかないと述べておられる。

蓑田胸喜氏は、草柳氏の言うように「当時の有名なファシズムの謳歌者で、軍人にその心酔者が多かった」。慶應義塾出身でもないこの人が慶應義塾の教師になったのは誰れの推薦によったのか、私は知らない。奇矯な言行の多かった氏は、不思議なくらい文学部長の川合貞一先生には従順だった。これはある程度まで、氏がドイツの哲学者マックス・ヴィルヘルム・ヴントの民族心理学の信奉者であり、そうして、川合先生がヴント研究の大先輩だったによるものであろう。

本年二月九日の『東京新聞』朝刊「筆洗」欄には、蓑田氏は、美濃部達吉博士や尾崎行雄氏をも槍玉にあげたと記されている。私は別に蓑田氏から議論を吹き掛けられたこともなく、親しく語り合ったこともない。教員室で、時たま挨拶されるぐらいの間柄に過ぎなかったが、若い加田君（本名「忠臣」を自分から「哲二」と改めた）などは、何度か、その挑戦を受けたといっていた。蓑田氏は愛国的独裁政治の熱烈な謳歌者と考えられていた。この狂信者の一喝を喫して、気の弱い調所君は、おそらく打ちのめされたように感じられたことであろう。蓑田氏の終りも悲劇だった。今では新劇の主人公になっている。

坂田山心中が若い人たちの涙を唆ったのは二人の恋が純潔だったというにある。草柳氏は、この事件が深刻に報道されたのは「二人が会うときは、いつも、大磯駅前の『つたや旅館』を利用していたが、ついに、情死の瞬間にいたるまで、いちども肉体関係を結ばなかった、という点にある」と記している。（大磯駅前に果して「つたや」という旅館があるだろうか。国府津駅前の「つたや」なら誰れも知っているが、大磯駅前の「つたや」は私の訊いた二、三の土地っ子はいずれも知らないといっている)。

しかし、この心中事件は、天国に結ぶ清浄な恋愛としてよりも、むしろそれ以上に、令嬢の遺体が何者かによって盗まれたという奇怪至極な事件によって世間の注意をひいたのである。

八重子さんは、静岡県の沼津と御殿場の中間に位する駿東郡富岡村御宿《みしゅく》一五の県有数の素封家、湯山庄作氏の令嬢である。庄作氏は、塾員で東京理科大学教授の小沢愛圀氏の遠い縁者に当ることを同君から聞いた。湯山家は上《かみ》、中、下《しも》の三軒に分れている。八重子さんは上の湯山家の出である。小沢氏は八重子さんには会ったことがないが、その姉で韮山の石井家に縁附いたそよさんを知っているという。八重子さんは十一人きょうだいだった。

彼女は、巣鴨町上駒込四二三、元三井物産社員、井手種雄氏と結婚している長姉知恵子さん方に同居して、芝白金の頌栄高等女学校に通学していたが、巣鴨からではあまりに道程《みちのり》があるので、同じ白金の香蘭女学校寄宿舎に寄宿することにした。彼女はこの女学校内の三光キリスト教会内で毎日曜日に催される祈禱会に出席するようになった。この教会で八重子は五郎と知り会ったのである。十五年前に実母を失って、継母の世話になっている九人きょうだいの五郎さんと、その姉が、三年前に、発作的に精神異常を来した騎兵中尉に軍刀で惨殺された「のろわれた」家庭の八重子さんとは互に身の上を語り合うこともあったろう。相互の同情は、やがて恋愛と化した。八重子さんは二年前に卒業して郷里に帰った後も、文通を絶たないばかりか、時には口実を設けて上京し、五郎君と会う機会を造った。

調所家では、二人の間を黙認したが、湯山家では、五郎君がまだ若いとか、からだが弱いとかいって、二人の結婚を喜ばず、別の縁談を進めようとした。これが、恐らく、この若い二人を死に導いた主な原因であろう。

二人は「五月《さつき》青葉の坂田山」で、昇汞錠を飲んで死んだ。昇汞錠は写真道楽の五郎君が現像用の昇汞水を造るために所持していたものである。二人は、服毒後、よほど苦しんだらしい。彼らの倒れていたあたりの緑草が摑《つか》み取られていたと、現場を見て来た土地の人たちは私に話した。それでもなお八重子さんは、和服の裾の乱れるのを怖れて、堅く結んだ足の細紐を解かなかった。

ところが、その裾の乱れるのをすら気にして死んだ八重子さんの死体は、その夜、何者かに盗み出されて、裸体の全身を海岸の砂に埋めているのを発見されたのである。

二人の情死体は、九日、大磯町役場に引き渡され、山王町、宝善(蓮)寺境内の無縁塚に仮埋葬されたのであるが、翌十日午前六時半頃、墓守、佐野周造さんの妻、しょうさんが線香をあげようと来て見ると、一方の土饅頭が、ぺっそりと低くなり、近所の塀に女の伊達巻が引っかかっているのに不審を抱き、直ぐに住職に告げ、住職から警察に届け出た。調べると、女の死体は消えていた。「死体盗難」という近来稀有のグロテスクな事件が起ったのだ。

大磯警察署は、千葉署長以下三十名で、死体捜査に乗り出したが、十日夜は終に発見されなかった。同署は更に消防組の総動員を行い、五名を一組とする六部隊を繰り出し、十一日の午前八時から捜査を開始し、八時半過ぎになって、消防組第四部小頭、下田春吉氏その他四名の一隊が、無縁塚から三町ばかり離れた北下町南（北）浜地内、相模漁業株式会社附属倉庫附近の間口十五間、奥行八間ほどの亜鉛屋根掘立小屋の西隅、船かげの生簀籠《いけす》の間の砂の中に乱れた黒髪と顔だけを出し、西枕で、仰向《あおむけ》に埋められている八重子さんのあられもない死体を発見した。小屋は波打ちぎわから一町も離れておらず、その中には漁船が八艘陸揚げされていた。しかし、「愛の二人にささやくは、やさしき波の子守唄」などという甘い情緒はどこにも漂っていない。

死体発見の報に接して署長以下が現場に駆けつけて再検視を行った。この時に写した数枚の写真——まだ砂もほんとうに落してない八重子の裸身を、あるいは上からあるいは横から、さまざまに写したものが、その後、高価で売買されていた。この無残な写真が、内々で、あちら、こちらに散在するようになったについては、警察を非難する声もあった。「身長五尺一寸、体重十四、五貫の立派な体格といわれていますが、写真で見たところでは、かなり痩せています。細い足をしています。結核をわずらっていたのではないでしょうか」。そんなことをいう人もあった。「ご参考までに、写真をお目にかけましょうか」という親切な人もあった。しかし、私は、どうしても、こういう、むごたらしい写真を見る気にはなれなかった。

零時半、小田原区の検事局から検事と裁判医が出張した。その時の検事が、当時、私の山荘の下に居を構えておられた奥田剛郎氏である。奥田氏は、文部大臣、司法大臣、東京市長などをつとめた奥田義人氏の令息で、後に最後の貴族院議員になった方である。同氏は、私が直接に受けた印象では、まことに円満な好紳士のように思われるが、検事としては辛辣を極めていたと大磯町民はいっている。私はその後、何度となくお会いして、お話しする機会があったが、一度もこの心中事件に触れたことがない。

裁判医の藤井氏は検視しての後、「完全な処女」のままであると言明したという。邦光史郎氏は、岩森『東京日日』記者が、情死直前に二人が最後の営みを果していることを、検死官の口から直接洩れ聞いていると書いている。同氏は曰く、「だから、完全な処女のままであろうはずがなかった。しかし、そう発表してしまうと、八重子が屍姦されたという印象を受けかねない。それでは、あまりにも清純な心を抱いて死んで行った五郎と八重子が哀れでならない。

そこで、記者たちは、あくまで二人のあいだは清らかであり、八重子は処女のまま昇天していったという暗黙の協定を行った」という。

しかし、私が、間接ではあるが、裁判医の語ったところとして聞いたのは、少しくこれと違う。「検屍の結果、最後の営みをした形跡はなく、死後凌辱された証拠もない。しかし、この婦人が果して処女であったかどうかは不明である。どうせ判らぬものなら、処女にしておくのが、故人に対する手向けである」というのである。

昨年一月に出版された『日本の歴史』第二十四巻、東大教授、大内力氏著「ファシズムへの道」によると、八重子の処女が明らかになると、「世のミーハー族がわきたった」という。

坂田山心中は『天国に結ぶ恋』という題名で、松竹の蒲田撮影所で映画化された。監督は五所平之助氏、主役は調所五郎を竹内良一（岡田嘉子の夫）、八重子を川崎弘子（福田蘭童氏夫人）が演じた。昭和七年六月十日、帝国館初公開。これと同時に河合映画は『大磯心中　天国に結ぶ恋』を製作した。この方は、吉村操監督、片桐敏郎、琴糸路の主演で、前者と同日に浅草河合キネマで初公開された。

後者のスチールが一枚、郵便で山荘に配達された。初めは私のところへ送られたものと思っ

松竹映画『天国に結ぶ恋』宣伝広告

て開封したのであるが、直ぐに誤配であることを知ったので、郵便局へ返すように女中に命じたが、彼女はついにこれを返さず、自分の荷物の奥に深く隠したらしい。私の母はほど経て、新潟でこの映画を見たといっていた。「天国に結ぶ恋」という菓子が二、三種売り出された。私の家で買ったのは、懐中汁粉で、湯でとかすと、紅白二つの鳥が現れることになっている。世上一般に流布した「天国に結ぶ恋」という題名は、草柳氏によると、当時『東京日日』の整理部員をしていた現『東京新聞』編集局長、岩佐直喜氏が、便所で、ふと、思いついたものだという。とすると、この綺麗な名称も、少し汚くなる。（加藤秀俊氏はこの名附け親を湯浅竜太郎氏と呼んでいる）。

やがて同じ題名の歌謡が流行し出した。私はこの歌謡を覚えるつもりなどはなかったのであるが、あまり度々これを耳にするので、つい全部暗記してしまった。今でも口をついて出る。

「今宵名残りの三日月も、消えて淋しき相模灘、涙にうるむ漁火《いさりび》に、この世の恋の儚なさよ」

というのがその第一節である。

この歌詞は西條八十氏の作として伝えられている。昭和十二年元旦発行の『講談倶楽部』新年号附録『新編流行歌謡大全』には、この歌の作詞者を柳水巴と記している。これは西條氏の変名であろうか。[*2] 作曲は林純平（松平信博）氏。

死体を発掘し、これを遺棄した奇怪な犯人は、どこの誰れか。虱潰《しらみつぶ》しに、被疑者や参考人を留置して取り調べたが、有力な供述はなかなか得られなかった。

しかし、結局、犯人は墓場人夫の頭、橋本長吉ということになって、けりが附いた。

犯行の動機は？　さまざまな説が行われた。長吉の娘ふみの結婚が近附いたので、晴れ着を手に入れたかったのだという説は、八重子さんの衣類がことごとく発見されたので、成り立たなかった。屍姦の目的で、海岸へ運んだのであるが、死骸が硬直して目的を果さなかったという意見もある。十四、五歳の頃から墓場人夫をしていながら、この日は生憎、妹の家に不幸があって、横須賀に行っていたために、人の注意を引いたこの心中の遺体を自分の手で埋葬することの出来なかった職業的不満から墓をあばいたのだともいう。さらにまた、その前年、若槻民政党内閣が総辞職し、犬養政友会内閣が成立したので、民政党系の前大磯警察署長は馘首された。その復讐に、自分が在職中、目をかけてやった長吉を使嗾《しそう》して、政友会系の町の有力者の経営する相模漁業に嫌がらせをやったのだという推測も行われた。

いずれにせよ、長吉は懲役一年、執行猶予二年の刑を宣告されて、服罪した。しかし、地福寺の住職、桜井定光師をはじめ、私の知るかぎりの人は、みな、彼の犯行を否認した。「長吉は決して、そんな大それたことをする男でない」。

調所君が死んだ翌日、慶應義塾は創立七十五年の祝典を挙げた。その日、祝辞を述べた塾出身の総理大臣、犬養毅氏は、これより六日の後、青年将校に射殺された。五郎君と八重子さんの遺骸が発見された場所には十字架が建てられたが、間もなく警察と地主の岩崎家の談合の結果、取り除かれた。しかし、坂田山心中はその後も跡を絶たず、幾多の悩める若い人たちが、ここを死に場所と定めた。物情騒然、世相険悪、日本はますますファッショ化を深めて行った。

(『三田評論』昭和四十三年三月号)

＊1　奥野信太郎　明治三十二(一八九九)年〜昭和四十三(一九六八)年。中国文学者、随筆家。慶應義塾大学教授。著書に『随筆北京』等。

＊2　歌謡曲「天国に結ぶ恋」(昭和七年)の作詞はたしかに西條八十、作曲は松本信博によるものである。

これについては西條自身が次のように記している。「あまり生々《なまなま》しい事件だつたので、わたしも少々照れ氣味で、柳水巴というペン・ネームを使つて作詞した。松本信博氏もわたしに倣つて、林純平というペン・ネームを使つた。これを機として、當時一時ペン・ネームでの作曲が流行した」（西條八十『あの夢この歌』イブニングスター社、昭和二十三年、一四九ページ）。歌ったのは徳山璉と四家文子。映画や歌謡曲の流行で、大磯坂田山は連日数件の心中事件が起こる「名所」になったという。

筍

大正のはじめ、私が大磯王城山の一隅に居を構えてから四、五年たった後のことと記憶する。隣地の淺野總一郎*さんの別荘の焼跡を買いこんで、安田家の先々代善次郎翁が宏壮な邸宅を建築せられた。

翁はこの地所を買う前に、満三ヶ年にわたって、しばしば、隣りの長生館という旅館に滞在して、四囲の風物を仔細に観察せられたということである。四季の変化が、この山荘の風致に如何なる影響を及ぼすであろうか。ただそれだけのことを知るがためならば、無論、一ヶ年の観察で足りるであろうが、風雨の害をこの山間の土地がどれだけ受けがちであるかというようなことになると、どうしても三年はじっくりと見なければならぬと、翁は長生館の老主人に語っておられたということである。そうしていよいよこの地所を購入する決心がつかれたと見えて、自ら巻尺を手にして、従者とともに、一万坪の山林を精細に測量しておられる八十何歳の老翁の姿が見かけられた。山林を巻尺で測って値をきめる——いかにも翁らしいと思った。

やがて、邸宅の建築が出来上ると、翁はその地所の大部分を公開して、遊園地風のものをしつらわれた。もとより大して費用をかけたわけではない。小さな大黒天や恵比寿のお堂、それに、セメント造りの毘沙門、弁天、布袋の像などが、あちらこちらに建てられた。七福神廻りという趣向である。セメントの福神像はいずれも浅野セメントの寄付であると伝えられた。七福神の中で、寿老人だけが欠けていたが、そのかわりに、某銀行救済の恩に酬いるがために贈られた翁の大理石の寿像が立っていた。翁は自分を寿老人に見立てられたものであろう。翁は、この地所が大磯町のために遊園地として公開せられているのであるから、須《すべか》らく免租地たるべきものであると熱心に主張せられたと町の人達は噂していた。流石《さすが》に免租地にはならなかったが、おかげで宅地に編入せられることを免れて、今でも確か、この広大なる地所は山林ということになっていると思う。

翁はまた、どこかの廃寺から鐘楼の古物を捜し出して来て、これに張り子の鐘を吊した。この張抜きの巨鐘は、横浜の豪商増田嘉兵衛氏の寄付にかかるものであったと聞いている。鐘はまもなく風雨に破られて、みじめな姿となった。増田家はその後いくばくもなく没落した。

安田翁はこの張り子の鐘のために、町の有志から詩歌俳諧を募集せられた。米屋のおかみさんの献上した俳句に、「薫風に吊鐘軽くゆるぎけり」というのがあったことを記憶している。

私は出入りの植木屋に勧められて、崖下の地所に孟宗竹を二、三十本植えたが、初めのうちは成績が甚だよろしくなかった。古い奴は次第に枯れていくが、新しいものは、一向に出て来ない。その後、別の場所に真竹を植えたところが、こんどは恐ろしくよく繁殖した。毎年五月頃になると筍が元気よく現われる。

山荘の竹林

安田翁も何かの必要から、自分の地所の一部に竹を植えようと考えておられた。翁は散歩の折々に、小川を隔てて私の庭の竹藪をじっと眺めておられた。孟宗にしようか、真竹にしようか、翁はだいぶ考えられたらしく、当時私の家におった老婢は、門先きで、二度ほど安田さんから竹のことを問われたといっていた。孟宗は真竹よりも使い道は多いし、筍も確かにうまい。しかし高橋の庭の成績を見ると、どうもこの辺の地所は孟宗竹に適していないのではあるまいか。翁はこんなふうに考えられたものと思われる。やがて決然として真竹を数百本植えた。

ところが、その当時、元気のなかった私の庭の孟宗藪は、その後、著しく繁殖力を増加して、年によって、出来不出来はあるが、毎年四月頃になると、大抵三、四十本くらいも太い、大きい奴が、威勢よく、土を破って、すくすくと伸びる。見て気持のいいばかりでなく、味のよさは到底真竹の筍とは較べ物にならない。

安田さんは、あれほど長い考慮の後に漸く建築せられたこの寿楽庵と称する別邸の生活を楽しむこと久しからずして、まもなく朝日平吾の短刀の一閃に、この別荘の一室で非業の死を遂げられた。安田さんがいま少し長く生きておられて、私の庭の孟宗竹の元気のいい有様を見られたならば、しまった、自分の所も孟宗にした方がよかったと後悔せられたことであろう。私は毎年四月、筍の出盛る季節になると、こんなことを考える。

トルストイの大作『戦争と平和』の第三巻を読む者は、ナポレオンほどの優れた頭脳を持った英雄が、苦心惨憺の結果案出した水も漏らさぬ作戦計画が、実際の戦争に対して、なんらの効果をも有することのなかった事実を発見するであろう。私は安田さんという人は、昔の経済学者の抽象した非実在的人格「経済人」「ホモ・エコノミコス」に最も近い偉い人格の所有者であると常に思っている。しかるにこの老偉人が、効用及び自利の微積分学から精密に割り出して熟慮考究の後に行なった一小事ですらも、かくの如く裏切られる場合の多いことを思うごとに、人間の予想の頼りなさが、つくづくと感ぜられるのである。

安田家も不幸続きで、初代善次郎氏がこの別荘で殺されてから、もう二度代が代った。今の若い主人はこの別荘に来られることも稀れであるらしい。真竹の藪もだいぶ手入れが怠られている。私の庭には、もう間もなく孟宗の筍がニョキニョキと頭を出すであろう。

（『ダイヤモンド』昭和十二年五月号）

＊ 浅野總一郎　嘉永元（一八四八）年〜昭和五（一九三〇）年。実業家、一代で浅野財閥を築く。浅野セメント（現太平洋セメント）、浅野造船所（現ＪＦＥエンジニアリング）など多数の会社を設立。安田善次郎の協力を得、京浜工業地帯の形成に寄与。ＪＲ鶴見線には「安善」（安田善次郎の略）とともに「浅野」の駅名も残る。

『兇刃』を読んで

この頃寄贈を受けた書籍の中で、『水上瀧太郎全集』第五巻ほど私を楽しましてくれたものはない。この巻に収められた創作中には、私の未読のものが甚だ多かった。『女性』というような私の貰っていなかった雑誌に登載されたものが割合に多いためであろう。全巻を通じて最も傑れていると思われたものはやはり「果樹」や「鳩」であろうが、私にとって特に興味の深かったものは「兇刃」である。

この小説に出て来る七十七歳の川北平太郎翁のモデルと想像される八十四歳の安田善次郎氏が、社会政策即時実行委員神崎真平、すなわち朝日平吾の兇刃にたおれたのは、私の住んでいる大磯の山荘とはすぐ隣り合せの天王山の寿楽庵という別荘においてであった。安田翁の刺されたのが大正十年九月二十八日であり、「兇刃」の脱稿せられたのが同十三年十一月二十一日である。坂倉伴次郎ならぬ作者の水上瀧太郎は、かつて朝日平吾が明治生命に寄付を強請にやって来た時、これと応接して撃退したという経験の所有者であった。「兇刃」中の神崎真平の面目が、如何にも生き生きとして読者の眼前に躍るのは、この時の記憶が深く同氏の脳裡に焼きつけられておったがためであろう。

小説の方では、坂倉が「私一存では申兼ますが二十圓か三十圓の事なら、何とかなるかと思ひますが……」と切り出すと、神崎はたちまち激怒して「何だと。二十圓か三十圓だ？　馬鹿ッ」という痛罵を坂倉の頭上で爆発させるとともに、卓上の厚硝子の灰落しを力まかせに床の上に叩きつけて、粉微塵に打ち砕くことになっている。実際の水上、朝日の会見に果してこんな場面が演出されたか如何かは判らぬが、兇変後の大磯寿楽庵の応接間には拾円札が二枚か三枚落ち散っていたという話を、私は聞いた記憶がある。安田翁はこれまで、寄付金を強要せられた場合などに、仮令《たと》い、十円二十円でも断じて出す人ではなかった。それが朝日の場合には、相手の剣幕に恐れをなしてか、それとも、僅かな金を与えて早く追い帰そうがためか、とにかく、この時には二、三十円の金を提供したことが事実らしい。翁の伝記には「会々《たまたま》大磯天王山の別邸に滞在中、朝日平吾の来りて寄附を強要するあり、即ち是れを拒絶せしに、予め用意せる平吾の兇刃に刺されて歿す」[*1]云々と記されているが、もしこの本文どおりに翁が即時これを峻拒したならば、朝日はあるいは翁を刺さなかったかも知れぬ、というような説をなす人もあった。

第一次欧州大戦後の反動来、大正九年三月十五日の株式・期米・綿糸・生糸各市場の大暴落に始まった財界の動揺、破綻を暴露し、取付けを受ける同業者その数を知らざる金融界の混乱裡にあって、すでに顧問の名に隠れてはおったが、事実上翁の統帥の下にあった安田銀行のみは、『安田銀行六十年誌』に誌されているように「業績上からは何等澀む處の無かつた」ばかりでなく、殊に有価証券売買益と同価格銷却において「一躍飛躍的な計旧を現はし」たのである。*2 したがって、同銀行の営業ぶりについてはとかくの世評巷説が行われていた。翌十年には不況慢性化の暗影漸《ようや》く濃厚となり、失業群の輩出ますます多からんとして、四月九日には職業紹介法が公布せられ、六月一日には財団法人協調会中央職業紹介所が開設せられ、七月一日にはこれが中央職業紹介局と改まった。こうした情勢に教えられ、国士気どりの朝日平吾は、小説「兇刃」の語を借りて言えば、「先づ失業者救済の目的で職業紹介所を開設しなければならん」と考え、街談をそのま

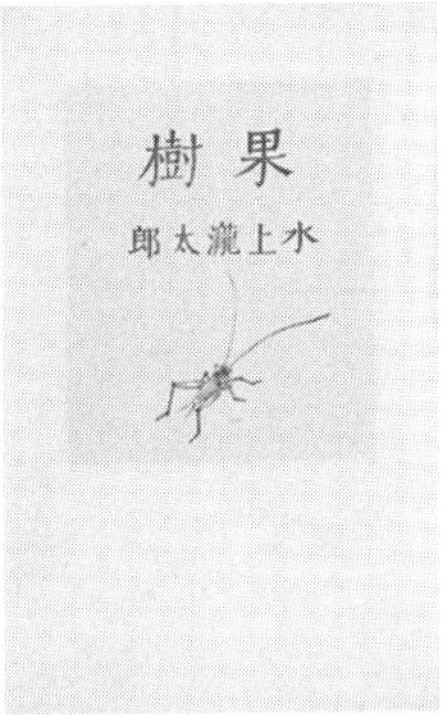

「兇刃」が収録された水上瀧太郎『果樹』(改造社)昭和4年の扉（装丁・小村雪岱)。

まに信じて、安田氏が財界大混乱中にあって独り巨利を占め、他が悉く痩瘠する間に己れのみ肥満しつつあるものと深く思いこんで、同氏に向ってまず出資を求めたのであろう。彼れは数日、安田氏の寿楽庵とは小径を一筋隔てただけの大磯第一の旅館長生館に宿泊して、翁の動静を捜り、その在庵を確かめたうえ、紋付袴の正装で、「國家の爲めに、又社會民衆の爲めに」、堂々と会見を求めたのである。彼れはやはり小説の神崎と同じように「少なくとも百萬圓は出して貰ひ度い」と激越な語調で翁に迫ったことであろうと想像される。しかるに、彼れの前に翁の並べた金はわずかに二、三十円であった。それは実にこの「国士」の癇癪玉を破裂させるに充分な高であった。

下々に対しては常に傲慢不遜の態度を以って臨んでおった越中富山の役人輩が、ひとり「用達商人に対しては、鄭重極まる款待を以つて是れに当ると云ふ状景を通じて、封建末期の矛盾を痛感し」、安政四年、年二十にして江戸に上ってから、八十四歳に至るまでの翁が成功の生涯は、固《もと》より不撓不屈、常に勤倹を実行して開拓し得たところではあるが、また以って非常なる幸運に恵まれたものと言わなければならぬ。しかしながら、少なくとも、彼れの最後の一日、否な、最後の一時は、実になんという不運に際会したものであろう。翁は実に兇変に際して幾たびか助かる機会に遭遇しながら遂にこれを逸したのである。

激怒した朝日が短刀の鞘をはらって翁に迫った時、翁は愕然として「栄吉、栄吉」と声高く呼んだ。「栄吉」というのは屈強な体格を具えておった門番の故加藤栄吉氏のことである。朝日が短刀を抜いてから翁を突くまでには、かなりの間があったらしい。もし、この時に、翁のけたたましい声を聞きつけて栄吉氏が直ぐにかけつけたら、おそらく翁は殺されずにすんだかもしれない。不幸にして、この時、栄吉氏は庭の一隅で石屋の職人たちと何か立ち話をしておって、翁の声を耳にすることができなかった。「お呼びになりましたか」と言って、応接室の扉を開けた者は、町の米味噌醤油などを商う山梨という家からこの別荘に奉公に来ているまだ幼い小僧であった。少年は室内の殺気立った光景を一と目見て胆《きも》をつぶしてしまった。翁は「お前では駄目だ！　栄吉を呼べ！」と力強く命じたそうである。しかし、彼は、あまりの怖しさに栄吉を呼ぶことも忘れて、こけつ、まろびつ、「大変だ、大変だ」と口走りながら、跣《はだ》足《し》のまま、十丁も隔っている父母の家へ馳せ帰ってしまったのである。

　朝日はそんなこととは知らない。やがて逞しい壮漢が現われ、自分を取り抑えて、警察へ突き出すものと想像したらしい。彼れは、もう、これまでと、左手に翁の胸座《むなぐら》をとり、右手の短刀で力強く胸部を突いた。しかし、この短刀は余程のなまくらであったと見えて、翁の着衣をすら突き通すことができずに、刃先は曲ってしまった。老人の胸にはただ打撲傷ができただけであった。翁はよろよろとして廊下に出た。朝日はこれを追おうともせず、じっと眺めていたが、やがて、反対側の廊下へ出た。彼れはもはや翁が別室へ逃げ込んでしまったものと考えたらしい。廊下は廻り縁になっていた。気丈のようでも、流石に八十余歳の老体である。翁は、息を切らして、声もたて得ずに、縁側にうつ伏せに倒れていた。兇漢は翁が既に縡切《こときれ》れて倒れているものと考えた。彼れは、毒を喰わば皿までという気になり、翁の上に馬乗りに跨《また》がり、襟をつかんで頸を少しく引き上げながら、止《とど》めでも刺すつもりになって、以前の短刀で喉ぶえを横に掻き切った。いくら鈍刀でも横に引いたのであるから、確かに効果はあった。翁は終《つい》に死んだ。

朝日は悠々と誰れもいない上段の間に入った。彼は立ったまま床柱に凭《もた》れて、自殺しようとして袂の中から西洋剃刀《かみそり》を取り出した。既に宿屋を引きあげた彼は旅行用具一切をその袂の中に入れておったのである。ちょうど、そこへ物音を聞きつけて老夫人附の看護婦が入って来た。安田氏は老後の養生のために一切の美食を排し、ひとり自分のみならず、夫人といま一人の婦人にも、常に雑炊のようなものばかりを食せしめていた。老夫人は数日前、翁の上京中に、秘《ひそ》かにエビのフライを食べたのがもとで、ひどく腹をこわし、看護婦をつけてねておったのである。その看護婦が座敷に入って来るのを見ると、朝日は物凄い顔をして剃刀を振り上げた。看護婦は腰を抜かして、へたへたとうずくまってしまった。平吾は立ったまま剃刀で見事にその喉を切った。鮮血は畳半枚を隔ててパッと散った。

以上は兇変当時、出入りの職人や商人や、近所の人たちから伝聞したところを、二十余年後の記憶によって書いてみただけのものである。固《もと》より伝聞の誤りもあろうし、記憶の不正確もあるであろう。初めに書いたように、私は最近まで水上君の「兇刃」を読んでいなかった。もし作者の生前にこれを読んでいたならば、同君と会談の節、必ず朝日の風貌態度について問い試み、私の伝聞したところと思い合せて、一層鮮かに隣荘の惨劇を偲ぶことができたであろうにと、いまさらながら残念に思っている。

(『三田文学』昭和十六年四月号)

*1　ここに引用された伝記が誰れの作品によるものか不明である。矢野文雄撰『安田善次郎傅』(合名会社安田保善社)大正十四年 には次のような記述がある。「然るに越えて翌年、則ち大正十年夏、翁は例に依りて此の別荘に赴き居たりしに、九月二十八日、朝日平吾なる者あり翁の知人の紹介状を持して面會を求む、翁は何心なく之を客室に引見せしに、其の男は何か社會事業の企てありとて、

多額の出資を強要せる由、翁は例に依つて其の乞を辭せしに、彼者突然と飛掛つて、翁に兇刃を加へ、其の絶ゆるを見て、己も亦自盡せり、蓋し此の者は初より殺意を懷き、兇器を用意して來訪せしものにて、翁の人と為りを詳にせず億萬の富を積むも終身散ずることを為さざるものと思ひ込み、此の擧に及びたる如し、翁の訃報は實に朝野を驚愕せしめたり」。

＊2　株式会社安田銀行六十周年記念事業委員会『安田銀行六十年誌』昭和十五年、一九二ページ。

除夜と元旦

大晦日の夜は、大抵、高麗寺*で撞き出す除夜の鐘を聴いてから寝につくことにしている。高麗寺は私の山荘から十数町を隔てている。風の具合で鐘の音の伝わって来ないときには、何となく物足りない。

古典的経済学に対する勇敢なる叛逆者であったウイリアム・スタンリイ・ジェヴォンズは一八六二年十二月三十一日の日記において、わずかに五分間内に終らんとするこの年を追懐していう。この年は「私の希望の多くが満たされ、その多くが破れたことを見た」云々。一八六〇年六月にいたるまでに、すでにその主要なる経済理論を発見し得た彼は、他人によって先鞭を著《つ》けらるることを恐れて、この六十二年の十月に、ケンブリッジにおいてその第三十二回の集会を開くはずになっておった英国協会に単論文を提出し、あたかも、「砲手が砲弾の飛んで行

慶覚院の鐘楼

くのを見守るように」その結果如何を見守っておったのである。

昨年十一月十八日八十三歳の高齢をもって物故せられた前千代田生命保険相互会社社長門野幾之進氏が、まだ慶應義塾の教頭を勤めておられた時分のことである。明治三十三年の末日、学生主催の世紀送迎会に出席し、僅々二、三時間内に過去の歴史の中に葬られんとする十九世紀を追想し、まさに生れ出でんとする二十世紀を祝福し、十八世紀をもって自然科学における発見の時代であり、十九世紀をもって、その学理応用による物質的進歩の時代であるということが出来るならば、二十世紀は実に、これらのものが次第に人事に影響して社会的変革を生ずべき時代であると結論せられた。

新学説を提唱して伝統的理論に対して挑戦せんとする野心もなく、まさに来らんとする時代を予見するの明察を有することもない私は、読みつづけていた書籍から暫らく眼をはなし、書きかけた筆の進みを少時止めて、無念無想、静かに百八の鐘声に耳を澄まして旧年を送るのみである。

△

元日の朝は、雨天でない限り、平日どおり、山荘の真下を流るる三澤川の細流に沿うて行きつ戻りつ三十分余の散歩を終って、特に客間で母と二人、屠蘇《とそ》を祝い雑煮の箸をとる。母は毎年、正月には変わることなく富岡鉄斎の「松石不老」を床に掛けることにしている。福澤先生の元旦の詩には「七子団欒伴㆓二親㆒」とか、「九子九孫献㆑寿人」とか、大勢の子女に取り巻かれ、笑談声裡に歳を新にするの幸福を吟じておられるものが多いが、私は親一人子一人の迎春を決して淋しいものとも幸なきものとも感じていない。母も私も多く談《かた》ることをしない。時に箸を休めて庭に目をやる。山荘の梅花は暮のうちからすでに笑いかけている。

王城橋畔の梅（撮影　編集部）

八時過ぎの汽車で横浜に向い、父の墓に詣るのが十二年前からの習いである。父の遺骨は、新潟の累代の墓と、この横浜の墓地とに分骨して埋葬せられている。

墓参を終って上京し、慶應義塾の名刺交換会に列する。この会はいつごろからはじまったのであるか、はっきり記憶にないが、明治三十四年一月発行の同塾機関誌の巻頭において、三田の大先輩日原昌造氏が、「近年都鄙ともに、年始の儀式を省略するの傾きありて、或ひは年始の廻礼に代るに名刺交換会などいへる一種異様の趣向をもつてせんとするものあるこそ奇怪なれ」と書いておらるるところを見ると、さまで古いことではあるまい。

交換会場の正面には福澤先生の書が何幅か掛けられている。先生が往年子女とともに元旦の試毫を行われ、墨痕鮮かなるを誇られた折のものが多く選ばれる。来春の会場には時節柄、恐らく明治二十八年乙未元旦の作「萬里同風鮮㆓旭日㆒、燕山渤海手中春」とか、同二十九年丙申元旦の作「帝京朝賀人已散、臺北臺南鷄未㆑啼」とかが掛けられて、来会者に無限の感慨を与えることであろう。

（『週刊朝日』昭和十四年一月八日、十五日新春合併号）

＊　江戸時代には高麗寺と神社の両方があって栄えたが、明治維新の神仏分離令により高麗寺は廃寺、高麗神社（明治三十年より高来《たかく》神社）だけが残った。大正・昭和期にはもちろん、高麗寺は既になく、

高橋が聞いた除夜の鐘は、おそらく高来神社に隣接する慶覚院のそれであろう。

王城山荘日誌抄

昭和十八年十月三日

――午後二時、頭の上で自動車の走る音を聴いた。山荘は王城山の中腹に建てられている。頂上の平地に何か軍事施設が出来、立派な軍用道路が山麓から通じるようになったということを聞いてはいたが、「立入禁止」の制札が横須賀鎮守府の名で各所に立てられているので、全然覗いても見なかった。山荘所属の山林の一部は大分久しい以前に収用された。その工事がいよいよ竣ったのであろう。日華事変勃発後も、長い間、何の変化も見せなかった山荘周囲の風物も、さすがに太平洋戦役が始ってからは次第にその面目を改めて行くことであろう。

十二月十日

十二時少し前、東京から帰ると、縁先で水兵が四、五人弁当をつかっている。どうしたことかと、一寸驚かされた。母は私を出迎えながら、兵隊さんたちが朝から山の落葉を掻きに来ているのだと小声にささやく。山火事をおそれてのことだろうと思う。夕食の膳には久しぶりで薯蕷汁《とろろじる》がついている。兵隊さんが自然生《じねんじょう》を掘ってくれたのだという。台所の方で魚を焼くにおいがする。まだご馳走が来るのかと思っていると、これは海軍さんが女中達の惣菜にお弁当のおかずの塩鰯を置いて行ったのだ、ということである。

昭和十九年二月二十日

――午後二時、日の光は弱いが、風が全く無いので、さして寒さを感じない。女中は一人になってしまったし、植木屋は応召や徴用で、一向来て呉れないので、自分で熊手をかついで、山へ屑掻きに出かける。海軍の方から、なるべく落葉を積らして置かぬようにという注意を受けていたからである。「焚くほどは風がくれたる落葉かな」――そんな俳句があったように思うが、これは又、自然の恵みが深過ぎて、余りにも枯葉が積り過ぎている。一日や二日では到底きれいに掻き尽すことは出来ぬ、などと考えながら、せっせと熊手を動かしていると、がさがさと枯草や落葉を踏み分けて陸軍の兵士が二人私の方へ近づいて来る。今まで気が付かずにいたが、雑木林の中で何やら作業をしている兵隊の姿が見える。地境にめぐらされた垣はいつの間にか取り除かれている。下士官らしいのが私に向って、自分達の作業をしているあたりには、あまり近寄らないようにしてくれという。私は海軍の方からの言付で落葉を掻いているのだ、と答えると、彼は一寸困ったような顔をしたが、横を向いて、「これだけの山の木の葉を掻けというのは海軍も随分無理だなア」と呟いたが、やがて再び私の方へ向き直って、「いいです、あとで兵隊に掻かせますから」という。兵隊さんに掻いて貰えば一番世話なしである。「ではお願いします」とそのまま熊手をかついで家に帰る。

十一月十五日

家の者にいわれて、僅か四、五本の蜜柑畑へ行って見ると、なるほどあれほど見事に枝についていた蜜柑があらかた無くなっている。下には皮がうずたかく落ちている。来年の三、四月頃にならなければとうてい食べられぬ夏蜜柑までがほとんどみんなもぎ取られて、木に残っているものは一つか二つだ。

十七日

家からやや離れた所にある庭木が段々と伐《き》られて行く。兵隊さんが山で炭を焼くのだそうである。桜や楢《なら》ばかりでなく、炭木にはなりそうもない柿や梅までも伐られた。しいたけを作るために切って組み合せて置いた栗や櫧《かし》のぼくも誰が持っていったのか一本残らず無くなっている。今朝門内で行き遭った兵隊さんに、炭は焼けましたかときくと、いいや、みんな灰になってしまいましたと答えた。炭竈《かまど》は山荘の一隅に設けられている。

十二月二十五日

この頃は毎日のように兵隊が勝手口へ味噌や漬物を貰いに来る。「私どもでもわずかばかりの配給でやって行くのですから、そうそうは差し上げ兼ねます、と今日は思い切って断ったのだが、新兵らしい兵隊さんは、自分がたべるのではない、上の人から言付かって来るのだ、といって泣きそうな顔をしているので、また少し分けてやった」と母はこぼしていた。寒い日に勝手元の水道で手を真赤にして洗濯している新兵の姿をよく見かける。上等兵達の襯衣《シャツ》や猿股を洗わせられているのだそうだ。

昭和二十年一月七日

上等兵が火鉢を借りに来る。今日は「えらい人」が見廻りに来るので火を沢山におこして置かなければならぬのだという。「えらい人は寒むがりだ」と彼れはせせら笑いながら火鉢をかかえて山を上って行った。

一月十六日

亡父の祥月命日に当るので独りで神奈川へ墓参に出かける。お寺もすっかり兵営化してしまった。山門には番兵が立っている。墓地に新聞紙が何枚か、きたならしくちらばっているのを不思議に思う。寺男は、お寺にとまっている兵隊が、夜、こっそりとたずねて来る細君と、古新聞をしいて睦言《むつごと》をかわすのだと説明してくれる。顔なじみの寺男の姿が見えないのでどうしたかと聞くと、兵隊の靴を盗んだのが露見して寺を逐われたという返事である。

三月十二日

山荘は雪に埋れている。いつもの兵隊が来て、自分の戦友のところへ今日山梨県から細君がたずねて来ることになっているから、部屋を一つ貸してくれという。欣んで一室を提供する。兵隊は彼の戦友とその若いお嫁さんのために雪を掻いてやっている。うちのものの話では、細君は臨月だということである。夕方帰って行く姿を書斎の窓からチラと見た。さっきの兵隊が笑顔を見せて、「この次ぎには私のをお目に懸けます」という。

三月二十二日

——午後三時、勝手の方で、またも、母と兵隊の話声がきこえる。私のうちの者と兵隊さんの親しみはこのごろ急にまして来たようだ。山荘内へ竹や木を伐りに来る兵士の顔は絶えず変るが、台所へ来て、バケツや斧や鋸を借りて行く人たちはいつも同じ連中になってしまった。兵隊はもう味噌をくれとか醤油がほしいとかは言ってこなくなった。却って、「いつも色々ご迷惑を懸けますから、何でもご用があったらしてあげろ」と班長から言いつかっていますから、といって、種々な用事をしてくれる。水を揚げるモーターが動かなくなると、電気屋だったという上等兵が来て即時に修繕してくれる、物干しが毀れると、大工あがりの新兵がすぐに直してくれる、といった塩梅だ。母は毎日彼れらの来るのをまって、こな茶をいれ、手製の梅干しを馳走する。

三月二十七日

このごろは雨に濡れ、泥に塗《まみ》れた兵士が風呂に入れてくれろといって来ることが多くなった。

今日は少し早目にやって来て、自分たちで薪をこなしたり、風呂を焚きつけたりしてはいっていった。「私どもが長い間かかってやった仕事は作戦の計画が変ったので、全然無駄になってしまったのだそうです。これから又、新規、蒔き直しです」。こんなことをいっていたものもあったそうだ。

三月三十日

午前五時、薪を割る音に目を覚ます。雨戸を細目に開けて覗くと、いつもの兵士が上衣を脱いで斧《よき》を振っている。早速戸を繰り開けて、声をかけると、「三時半から起されるのですが、何にもすることがないので薪割りに来ました。また風呂をたてて頂きます」と言う。

四月四日

早朝の薪割りがまだ続いているばかりでなく、このごろは丁度午後十一時頃、私が本を閉じて寝ようとする時分に書斎の裏手に靴音がいつも聞える。炭焼の番兵の交代であろうと思う。

七月十六日

おそろしい一夜であった。初めて焼夷弾の落下する音をきいた。* 山荘内には一ヵ所も壕を掘っていない。ただ頭から夜着をかぶったまま敵機の退去を待つのみであった。今朝もまだ下痢が止らない。力のないことおびただしい。米がないので粥をこしらえて貰うことが出来ない。床の上で馬鈴薯を蒸《ふか》したのを食う。いろいろの情報を兵隊さんが台所口まで持って来てくれるのを、家の者がさらに私の病床へ伝えに来る。想像通り平塚はほとんど全滅であるという。大磯でも数ヵ所に火災がおこったそうである。私の屋敷内にも幾つかのおそろしげな金物が落ちていたといって、それ等を拾って来てくれる。焼夷弾の殼だそうである。

八月五日

朝からの小型機編隊の来襲である。敵機の爆音、機関銃の響、阿波多羅山の海軍と花水川尻の陸軍とが打ち出す高射砲声が入り乱れて物凄い。午前十一時頃、私の小屋が微塵になって砕け飛んだかと思われるような大音響がした。書庫から飛び出して、勝手元へ行って見ると、母は「おそろしいことだ」といいながら、案外平気で馬鈴薯をむく手を休めずにいる。この七十七歳の老媼に対して、いささかきまりの悪い思いがしたので、何も言わずに、再び書庫へはいる。後で聞けば、山荘とは谷一つ隔てた酒井子爵別邸の裏手に五十キロ爆弾が落ちたのだそうだ。池田農園の附近には二百五十キロのものが投下されて、おそろしく大きな穴があいているということである。王城山荘が灰になる時も遠くはあるまい。町では近いうちに艦砲射撃を受けるという噂が高いとのことである。

八月十五日

——母は神棚へ御燈しを上げる。「袴を出して置いたよ」という。いつの間にか庭先きには若い陸軍少尉に引率された一隊の兵士が直立不動の姿勢で列んでいる。裏手には「うちの兵隊さん」が二人立っている。森厳の気が漂う。ご放送が終ると、士官も兵士も私に向って、挙手の礼をして、黙々として山を降って行った。その後姿を見送っていると、涙がとめどもなく流れる。あすからは、もう山荘内に兵士の影を見ることもあるまい。

（『三田文学』昭和二十一年一月復活号）

＊　七月十六日から十七日にかけて行われた「平塚空襲」を指す。当時の市域約一万戸の内、約八千戸が焼失したといわれる。

書斎でくつろぐ著者

洋服

新しい年を迎えるごとに、往った年が顧みられる。十返舎一九が『一陽来伏帳』の中に載せている俳句に

山彦のうしろ姿や除夜の闇

というのがある。追憶のみが谺《こだま》のように残って、旧年は大晦日の闇のなかに消えていく。

昨昭和二十二年は私に取って珍しく多事多忙な年であった。

元日は一家ただ三人きりの寂しく祝う雑煮の箸をおくと同時に国民服を一着に及んで、三田の慶應義塾で催される新年の名刺交換会に出席するために、大磯の山荘を出た。一昨年の三月、七ヶ月だけの約束で引き受けた慶應義塾経営の重任から、私はまだ本当に解放されずにいる。

どうしてもこの名刺交換会の主人役を勤めなければならない。こうした時にはモーニングが一着あってくれればいいがと思う。大正十二年の関東大震災で洋服類を全部焼いてしまった私は、二重生活の煩しさを避けるために、冠婚葬祭、どんな場合でも、和服でおし通して来た。ところが、戦争が苛烈となるにつれて、羽織袴で、大磯と東京の間を往復することは、非常な困難となった。私は、とうとう、我を折って某百貨店を煩し、オール・スフの国民服を新調してもらうことにした。私が国民服を註文したという噂を伝え聞いて、猛烈な抗議を持ちこんだ友人などもあった。「二十何年間和服でおし通して来た貴郎が、今になって薄汚ない国民服にゲートルなどを巻きつけることは、取りも直さず、軍国主義者の前に屈伏するものである」というのが彼の反対意見の要旨である。私は「まさか……」とだけ答えて、あとは笑ってしまったが、考えてみれば、国民服、戦闘帽、巻ゲートルといったいでたちは、およそ私の趣味には遠いものであった。

その国民服が、註文してから、約半年振りで、漸く出来上がったのは、もう終戦間近い頃であった。空襲の危険はなくなっても汽車や電車の混雑はますます甚しいものがある。和服、下駄ばきでは到底東京へ通うことが出来ない。私は、押し合い、詰め合い、へし合う阿鼻叫喚の汽車の中で、ひたすら国民服の軽快さに感謝した。

ところがまた、他の友人が山荘を訪れて、国民服をやめろ、と忠告した。彼はこの日、雑閙の汽車の中に国民服姿で立っておったのであるが、側らにおった昨日まで超国家主義者であったらしい物凄い男から、いきなり喧嘩を売られた。「国民服などを着ている奴は軍国主義者だ！」と、その男はいきり立つのである。「あぶなくぶんなぐられる所でしたよ。私は、あしたから、もう国民服をやめます。貴郎も是非おやめなさい」と親切に注意してくれた。この友人は国民服をやめても、その代りに着る背広の持ち合せがある。しかし、私にはその持ち合せがない。背広の用意さえあれば、何を苦しんでオール・スフの国民服などを新調しよう。

こうした忠告を受けてから間もなく、私は慶應義塾長の仕事をしばらく代行しなければならなくなったのである。今までは一週一度だけ経済学史の講義に出かければよかったのであるが、当分の間は大抵毎日塾長室におさまっていなければならない。明治維新前から西洋文明東道の主人となり、自由主義的民主国家の建設に邁進して来た慶應義塾のいやしくも代表者ともあろうものが、極端な国家主義、軍国主義の象徴のような国民服を纏っていることは甚だ以てよろしくない、と注意してくれる親切な先輩がある。背広を着ようにも、持ち合せがない、と正直に答えると、その先輩は数日の後に、どこからか紺の洋服地をさがして来てくれた。折角の好意を無にしないように、早速仕立方を某百貨店に依頼した。かけがえのない一張羅である。祝儀、不祝儀、盛夏も、厳冬もこれだけで通すつもりで、間着の背広をこしらえてもらうことにした。

その新しい背広が、まだ出来上らないうちに、昨年の正月は来たのである。平和国家の新春をことほぐには甚だ不似合な服装ではあったが、私はどうしても、旧態依然たる国民服で名刺交換会に臨まなければならなかったのである。

会場の壁には、例年の通り、福澤先生の書がズラリと掛けならべられている。先生の新年の詩には、「屠蘇傳飲入㆓佳辰㆒」とか、「椒酒酌終時試㆑筆」とか、「屠蘇先祝乃翁寿」とか、「屠蘇乗㆑酔出㆓京城㆒」とか、兎角屠蘇が附きものであるが、慶應義塾はもう何年か前から椒杯を挙げない名刺交換会を続けている。

十月一杯という約束で引き受けた慶應義塾長の仕事が、いろいろな事情から延び延びになって年を越すことになったが、正月の初めにはようやく御役御免になった。学校の講義は一週一日だけですむが、まだ当分の間、内閣の教育刷新委員会や、文部省の中央適格審査委員会に出席しなければならない。背広服が早く出来上ってくれればいいがと思っているうちに、たとい背広が出来ても、これだけでは、どうしてもいけない時が來た。

文部省入りをしないかという勧告を受けたのは一月二十三日のことであった。ただ一介の学究、到底この重責に堪え得る所でないと考えて、固く辞退しておった私が、友人知己の懇切な勧告を拒み通すことが出来ず、ついに受諾したのは、一月末のことであった。一月三十日はまことに忙しい日であった。任官までには、まだなかなか日数がかかることとたかをくって、例の国民服を着用し、文部省で開かれる教育刷新委員会の第四特別委員会に出席するつもりで、朝、大磯を出た私は、文部省に着くと間もなく、午後の四時には親任式が取り行われ、五時には閣議に初の出席をしなければならぬという通知を受けたのである。正午頃には、もう十数名の新聞記者諸君に取りかこまれてしまった。親任式には、是非ともモーニングを着用しなければならぬと教えられた。私は国民服の万能を信じ過ぎていた。野人、礼節に習わず、どんな礼式でも、国民服で参列して差支えないものと考えていた。私の父は、官界に入ったことはただ一度もなく、終世、実業界の一隅にささやかな存在を保っていたものであるが、それでも、背広の他に、燕尾服、フロックコート、モーニング・コートなど、幾通りかの礼服を備えて置くことが必要であった。しかし、服装はだんだん簡略になっていく。殊に戦争勃発後、繊維類が著しく不足を告げ、国民服が制定されてからは、我等シヴィリアンにとっては、一切の儀式悉くこれで足りることになったものと思い込んでいた。しかし、国民服で親任式をすましたという先例は、まだ無いそうである。

いささか面喰った私は、ふと思いついて三越の本店を訪れた。そこには、ここで挙行される結婚式のために用意されている花婿用のモーニングが幾揃か、幾十揃かある筈である。並外れて丈の高い私のからだにも、しっくりと迄はいかぬまでも、どうやら間に合う品があるだろう。

私が国民服を花婿用の通常礼服に改めて悠々と文部省に帰ると、そこには、あちら、こちらから借り集めてくれた三四着のモーニングが私を待っていた。しかし、私はその好意を無にして、やはり、花婿用のものを着たまま若返った気持で参内した。

鞠躬如《きっきゅうじょ》として、辞令書を頂戴し、どうやら初の閣議もすませて、文部省に帰った時には、もう夜も大分更けていた。あすは早速、午前十時から三越でＣＩＥ[*1]のニュージェント大佐と挨拶を交換しなければならぬことになっている。今、この店に陳列されているアメリカから寄贈された児童用の読物六百何十冊かの前に立って、同大佐と握手し、米国の好意に対して謝辞を述べるのである。それがトーキーに取られてアメリカに送られる予定である。遅刻しては大変だ。とても、これから大磯へ帰ることは出来ない。東京に一泊することに決心はしたものの、さて、どこにとまったものであろう？　官邸には、まだ、私のとまる用意が出来ていないそうである。懇意な友人の家を今から騒がせることも本意でない。馴染の旅館などは一軒もない。

本省にごろ寝をするわけにもいくまい。ようやくにして思いついたのは四谷の慶應義塾附属病院である。ままよ一晩入院することにしよう。[*2]

こうした慌しい正月を今年は持つことがないであろう。たとい屠蘇はなくとも、配給の酒の一杯も飲んで、静かに書物を開くこととしよう。東京へ出る時には、友人のお世話で出来上った背広がある。借物のモーニングはもうとっくの昔に返却してしまった。

（『ダイヤ』昭和二十三年一月）

＊1　連合国総司令部　GHQ　幕僚部民間情報局（Civil Information and Educational Section）

＊2　この前後のエピソードについては「阿部勝馬氏追想」『阿部勝馬君を偲んで』阿部勝馬追想録刊行会、昭和四十九年（『新編　随筆慶應義塾』慶應義塾大学出版会、平成二十一年所収）を参照。

芸術院総会を終えて

昨年の春以來、久しぶりで日本芸術院の総会に出席した。先には文部大臣としてであったが、今度は芸術院長としてである。学界の一隅に極めてささやかな存在を続け、書斎と講堂の間を往復して静かに一生を終るものと考えていた私が、自分とは凡そ縁の遠いものと思われていた文部大臣の椅子に着いたことも不思議な運命であったが、芸術に関しては何の見識も閲歴もない私が、芸術院長に選定され任命されたことは更に一層意外の感が深い。私はただ幼少のころから、ほとんどあらゆる種類の芸術に興味を感じ、これを熱愛し、時にあるいはこれに耽溺しておったに過ぎない。作品や演技を通じて、ただ遠くから仰慕しておった芸術界の長老諸君と近くひざを接するの機会を得た喜びは甚だ大である。

私が芝居を観始めたのは明治二十二年、五歳のころからである。九代目團十郎は初めて見たのが、油坊主*であったためか、最後まであまり好きになれなかったが、五代目菊五郎は矢矧の日吉丸以来のひいきであった。四代目中村芝翫の無邪気な芸風もただ何となくこのましかった。今の芸術院会員の中で、最も早くからその舞台姿を知っているものは恐らく中村吉右衛門氏であろう。同優が助高屋小傳次や澤村宗之助と一緒に子供芝居をやっていた時分からである。私は團菊の舞台以上に、自分と同じ年ごろの少年俳優達の演ずる芝居に興味を感じておったように思い出される。福地桜痴居士の新作または改作した活歴劇のようなものは、たといそれを演ずるものが一代の名優市川團十郎であっても、決して芝居好きの少年をよろこばせるものではなかった。

祖母につれられて、よく義太夫を聴きに行った。近所の寄席に初代竹本綾瀬太夫がかかるとほとんど毎晩のように出かけた。しかし、漸く真打が談るころになると、大抵は祖母のひざをまくらにすやすやと眠ってしまった。人形芝居は吉田國五郎一座だけしか見ることが出来なかった。大阪で初めて文楽座を聴いたのは、ずっと後れて、明治三十六年のことであった。ちょうど、後の摂津大掾が越路太夫から春太夫に改名したころである。

能を初めて観たのは、横浜伊勢山の舞台であつた。先代観世鐵之丞、即ち後の紅雪と梅若竹代、即ち現在の六郎氏の橋弁慶に興味をそそられて、それからは、毎年春秋二期、この舞台で能楽が催されるごとに必ず見に出かけた。義理で毎回とることにしていた五人詰のマスの真中に六、七歳の少年が、たった一人で朝から夕方まで、じっと舞台をながめている姿が、あたりの人の注意を引いたということである。女中はいつも、私を弁当と一緒に観覧席に残して帰り、夕方にまた迎えに来ることにしていた。

芸術院賞授与式が終ってから、私は受賞者の野口兼資氏と並んで腰をかけた。宝生流が横浜大神宮の舞台で能楽を催したのは、梅若よりもはるかに後れて、明治二十八年秋のことであったと記憶する。宝生九郎の松風が今もなお眼に残っている。野口氏の能を初めて見たのは、巴のシテであった。当時、十六、七歳の少年であったこの九郎翁の愛弟子は面をつけずに巴を演じた。例の難声をふりしぼる時、高潮して真赤に染まる真面《ひためん》が殊に美しく感ぜられた。

絵画に興味を覚えたのは、『やまと新聞』のさし絵からである。ちょうど、月岡芳年とその弟子の水野年方が毎号、採菊散人の小説や三遊亭圓朝の講談筆記のさし画を描いていたころである。この芳年や年方の画系は、現在の芸術院会員鏑木清方氏や今回の受賞者伊東深水氏に伝わっている。やや長じては、『少国民』や『幼年雑誌』の口絵に心がひかれた。『少国民』には始終、小堀鞆音が武者絵を描いていた。安田靫彦氏は実にこの鞆音について学ばれた方である。

大人の雑誌では『都の花』『百花園』やや後れては『文芸倶楽部』『新小説』『風俗画報』などが、父母によって購読されていた。寺崎広業、竹内桂舟、富岡永洗、梶田半古などの木版画や石版画が幼い私を魅了した。半古門下から小林古徑氏や前田青邨氏が出られたことは何人も知る所であろう。

日本画の肉筆を手近に鑑賞することが出来たのは、それよりもずっと後になって、父が乏しい資力を傾けて新画の蒐集を始めてからである。父の小蒐集は大正十二年の大震災で、全部焼けてしまった。

私が日本芸術の一端に触れることのできたのは、今から思えば、ちょうど、我が資本主義の基礎工事が行われた時代である。その後六十年間における社会情勢の推移、パトロンの変化がどう芸術の上に影響したかを、静かに考えてみるのも興味深いことであろう。

午後の第一部会を終って藤井浩祐、安田靫彦の両氏と一緒に、東海道の下り列車に乗ったのは八時少し前であった。安田氏と私とは同年であり、藤井氏は二つ年長である。東京と横浜の相違はあるが、およそ同じ時代の空気を呼吸して生きて来た三人は、実によく話が合った。絵画彫刻、音楽演芸——話題はそれからそれと尽きなかった。もう既に秋らしくなった風が車窓から涼しく流れ込んだ。まん円い月が東の空に低くかかっていた。熱海に帰る藤井氏ひとりを残して安田氏と私は大磯で下車し、右と左にわかれた。

（『東京新聞』昭和二十三年八月二十九日）

＊　正確な外題は「油坊主闇夜墨染《あぶらぼうずあんやのすみぞめ》」である。

（撮影　編集部）

母の春

母は、若い時分から病身の方で、命にかかわるような大病を何度もやったが、いつも難関を切り抜けて、明けて八十四の春を迎えた。養生法などは何んにもやっていない。病気の時は随分苦しむが、癒ればすぐに忘れて、自分のからだは丈夫だと思っている。大の医者嫌い、薬嫌いである。三年前から時々胆石病の急性発作に悩まされるが、痛みがやむとすぐに起きて台所仕事などを始める。

年末はいつも多忙だ。重詰をつくったり、雑煮の餅を切ったり、掛物を掛けかえたり、輪飾をかけたりするばかりでなく、腰が痛い痛いとこぼしながら庭を掃き清める。早咲きの梅が毎年、暮のうちから二三輪綻びかけているのが、余程彼女を楽しませているらしい。毎年同じように年を送り、年を迎えて老を忘れている。過去を顧ることも少なく、将来に待つところも薄い。ただ現在だけに活きているように見える。

母のきょうだいは男女合せて十三人あったが、一人欠け、二人欠け、今は一番末の妹がただ一人残っているだけである。その妹が珍しく新潟県から出てきて大磯で一緒に年を越した。母はさすがにうれしそうである。何かぼそぼそとしきりに談《かた》り合っている。

父の遺愛の鉄斎の一軸の前には暮の中《うち》に母が飾りつけた鏡餅が据えられている。その簡素な床の間の正月飾りを眺めながら、屠蘇を祝い、雑煮の箸をとると、何とはなしに日本人に還元させられたような気がする。

(『時事新報』昭和二十七年一月一日。これには「わが子の春」という題で次のような母の談が附せられている。)

誠一郎は弱い子でしたが、しんが丈夫なのでしょうか、いまだに元気で働いています。まえには元日の朝は、いつも横浜へまいり、父の墓参りをすませましてから慶應義塾の名刺交換会に出かけることにしておりましたが、ここ数年は雑煮の箸をおくとすぐに書斎に引込んで、炬燵《こたつ》にあたりながら、読書を始めるようになりました。

お寺の年始は一月十六日の父の命日に一緒にする、などと申しています。

年をとって不精になったというよりは、このごろは東京へ出かける日が多くなりましたので、すこしでも長く書斎に親しみたいためでしょう。

暮れの二十八日から正月の三日までが書き入れ時らしいのです。それでも、むかしのお弟子さんたちが年始に来てくれますと、うれしそうにして何かおしゃべりをしています。

せがれは年をとりましても一向神信心などはいたしませんが、それでも三箇日の朝、私が神棚へ山の榊を切って供え、お燈明をあげますと、うやうやしく拍手を打ちます。正月らしいすがすがしい気持ちになるのでしょう。

（『時事新報』昭和二十七年一月一日）

銷夏法

私の銷夏法は、銷夏法などということを考えないことにある。

学生時代には、脚絆、甲掛、わらじばき、ござを捲いて肩に掛け、満身汗にぬれて、長野県や山梨県の山嶽地帯を跋渉するのを盛夏最大の楽しみとした*。教員時代には、暑中休暇六十余日を学究に取っての最大の書入時と心得て、私の貧弱な読書力では一寸歯が立ち兼ねるような難解な洋書にしがみついて、毎日脂汗を流していた。今では、暑中ほとんど一日の休暇も取らず、毎朝満員の湘南電車で委員会通いをしている。午後は西日が一杯に差し込む委員室もそれほど暑いとは感じない。夕方大磯の山荘に帰り、一風呂浴びて、書斎の人となった時のすがすがしさといったらない。そぞろに「夏夜涼秋の如し」と口ずさみたくなる。私は夏を楽しんで、六十余年間、暑さを忘れている。

（『東京新聞』昭和二十七年七月二十二日）

＊　高橋自身の筆になる当時の山岳紀行として「赤石登攀記」『山岳』（山岳會）第二年第二號、明治四十年六月がある。

湘南電車

私は毎日大磯から東京へ通っているが、運がいいのか悪いのか、朝出かける時も、夕方、帰る時も、いつも利用することの出来るのは、旧態依然たるボロ車であって、新造新装の電車ではない。大磯に停車する上り三十三本、下り三十二本の中、電車はわずかに上り下り共各々十本に過ぎない。こんなことなら何も鳴物入りではやしたてることもなかったろう。そのわずかに通るものすら、とかく、事故を起しがちで「遭難電車」などと悪口されている。いつか、藤沢駅で長く停車して動かなかった時は、あせりぬいた乗客が従業員に向って罵詈《ばり》の声をあびせ「上野の動物園へ行って見学してこい。猿が上手に列車を運転しているぞ」と叫ぶ声もまじっていたということである。たとえ、故障は起らないにしろ、座席は狭く、三人掛けは出来ず、つり革はなく、大磯から東京まで、まさに一時間半、立ち続けた、という不平の声が高い。開通祝賀の美しい提燈やモールが、いつしか色あせ、引きちぎられて、今もなお、哀れな姿で、寒々と停車場に残っている。

しかし、その不評判の湘南電車も、やがて改善され、故障も減少することであろう。いろいろ不平はいうものの、湘南地方からの通勤も近ごろは大分楽になった。一番苦しかったのは、三年前、文部省へ通っていた頃であった。どの車も、はみ出すほどの超満員で、窓からはいる外に道がない。護衛の若い警官が、まず私を窓から押込んでおいて、その後から続いて飛び込むのである。この敗戦国の哀れな文部大臣の姿を見るに見かねて、親切な駅長が車掌に向って帽子を脱ぎ、辞を低くして「この列車に乗れないと、大臣は閣議に間に合わないから……」といって、車掌室や郵便車に乗せることを頼んでくれたことも度々であった。こうした場合、車掌室には、大抵、通勤の鉄道従業員がいっぱいに乗っていた。かれらは無賃乗車の特権を利用して買出しに出かけた冒険談や手柄話を得意になって語り合っていた。「きのうは随分恐《こわ》かったぜ、何しろポリ公の奴が、うんといやがるんだからなァ」。こんな言葉を、私の隣に立っている平服の護衛警官は、白々とした顔で聴いていた。湘南地方から列車で通勤する大臣が、今いるかいないか知らないが、よし、いても、こんな苦しい思いはしないですむであろう。

「嗚呼、汝百官、この盛業を百事維新の初めに起し、この鴻利を万民永享の後に恵まんとす。

その励精勉力、実に嘉納すべし。朕、我が国の富盛を期し、百官万民の為め之を祝す」。これは明治五年九月十二日、新橋横浜間の鉄道開通式に臨まれた明治天皇の勅語である。そうして鉄道は「会社持」では差支えがある「政府持」でなければならん、という鉄道国有の主張が、同年同月十八日、工部少輔、山尾庸三の名によって正院に提出された。

まことに、創業の時代から、その前途を祝福されたわが国有鉄道である。たとえ、敗戦後とはいえ、ゆっくり座席に腰をおろして、悠々新聞の原稿でも書きながら、正確に、そうして安全に目的地に着くことの出来る日の到来も、さして遠い将来ではなかろう。

（『夕刊讀賣』昭和二十五年三月十八日）

吉田茂氏の養父

越後の新潟で、代々、廻船問屋を営んでいた私の家が、不思議な運命に弄ばれて没落する顚末を、極く短い文章に綴って、或る雑誌に載せたのは昭和十年のことであった。その終に近いあたりに、私の家の「十二代目も十三代目も共に短命であった。十四代目の私の父の代になって、家運全く傾き、以前私の家の食客をして居つた越前浪人の英學者で横濱で産を成した吉田健造氏を便って横濱へ出たのが、父の二十歳の時である」と書いた。[*1] この吉田健造という人が、今の総理大臣、その当時の英国大使吉田茂氏の養父である。

この拙文が、私の随筆集に収められてから間もない昭和十七年の頃、大磯駅のプラットフォームで列車を待っていると、西園寺さん[*2]の秘書をしていた原田熊雄氏に声をかけられた。「あすこに吉田がいますから、おあいになりませんか。国府津に近衛[*3]が来ていますので、これからあいに行くのです。彼は、あなたの随筆を読んでいますよ」という。年はとっても、はにかみやの私は、いささか、てれて、「またの機会にしましょう」といって別れた。

私が、初めて吉田茂氏に面会を求めたのは昭和二十一年の夏であった。三田や四谷の校舎は焼かれ、日吉は占拠されている慶應義塾の窮状を訴えて、援助を求めるがためであった。吉田氏は今とは場所はちがうが、やはり外務大臣官邸におられた。用談は、僅か十分位ですんだ。帰りかけて、腰を浮かすと、吉田氏は、「私の養父を御承知だそうですね」と切り出した。「はい、私の父がいろいろと御厄介になりました」と答えると、吉田氏は「御厄介をかけたのはこちらでしょう」という。

慶應義塾の陳情よりも、むしろ、この方の話に興味をもっておられるらしい。しかし、私は、苟《いやしく》も総理大臣の劇職にある人をつかまえて、初対面から、明治の昔話でもあるまいと思ったので、そこそこに辞去した。

吉田内閣にはいってから、首相とは閣議その他で、始終顔を合せていたが、養父健造氏のことは、一度も話題にのぼらなかったように思う。二十二年六月、内閣を投げ出し、のんびりした気持になって、吉田氏が私の山荘を訪れた時、初めて、私の母を交えて、三人で健造氏の追想談をかわしたのであった。

私は五、六歳の頃、横浜の太田に住んでおられた病余晩年の吉田健造氏にあった記憶がある。小柄ではあるが、眼光炯々として人を射るものがあつた。

当時は醬油醸造業を経営し、「太田の醬油屋」で通っていたが、初めは英学者として名を知られた人である。明治四年六月に発行された『新聞雑誌』の第五号に、当時の私立学校の生徒数が載っているが、その中に吉田健造氏の英学塾も見えている。生徒の数は六人。次に福澤先生の慶應義塾が挙っているが、この方は三百三十三人となっている。その後、横浜の商館に勤め、産を成して後、『繪入自由新聞』を創刊した。故山中古洞画伯は「自由党のパトロン、吉田健藏」と記している。二万四千の自由党員に、板垣退助の名で、購読勧誘の葉書を出したので、著しく人気が沸き、十五年九月一日の創刊号は盛況裡に八方に飛んだといわれている。

明治十六年に出版された高瀬巳之助の『全國新聞雑誌評判記』は、この新聞を評して、「今では悪口の問屋」だが、人気にかなったせいか、売れ行き頗る良好、紙面体裁よく、挿画巧妙を極め、将来の発達期して待つべきものがあると述べている。ただし、西洋の話になると誤訳とデタラメの多いのには閉口だと記されている。「あまり原書とアベコベにならぬようにして貰いたい」という注文も出ている。

健造氏が、私の新潟の家に寄食しておったのは同氏の雄飛以前の雌伏時代のことであろうが、どの位の期間にわたったものか、これを詳かにすることを得ない。三十代で死んだ私の祖父とは、余程、馬が合ったらしい。家運の衰退を歎く祖父に向って、吉田氏は、しきりに、今の中に、思い切って財産を整理し、一日も早く新興都市横浜へ出て一旗あげろと勧めたが、養子の身のかなしさ、祖父は、いつまでもフンギリがつかなかつた。

祖父はその後、間もなく脳を病んで、夭折し、私の父が十九歳で家業を継いだが、もうニッチもサッチもいかなかった。一切の所有物を借金のかたに投げ出し、吉田氏一人をたよりに横浜に出て来たのである。

吉田茂氏の実父、土佐の名士、竹内綱氏に関しては『自叙伝』なども伝わっていて、その生涯を、ほぼ詳かにすることが出来るが、養父健造氏については知る人が少い。

吉田総理は、私に向って、「越前浪人、吉田健造は、ひどいですね。あれは、是非、取消して貰いたい」と迫られた。「浪人」というと、きりどり、強盗、とまではいかずとも、おし借り、ゆすり位はやる人物にとれるからだそうである。

しかし、私が、あの随筆で、特に「越前浪人」と書いたのは、多分、私の祖父と一緒に写した丁髷姿の写真の裏に「越前浪士吉田健造」と書いてあったのが頭に残っていたためと思われる。私は決して『吾妻鏡』にいわゆる「悪徒浪人」の浪人を想像したのではなく、芝居に出て

小磯・西長院の身代り地蔵

来るような、暗君を諫めていれられず、勘気を蒙って禄を離れ、節を高うして二君に仕えず、陋巷にあって子弟を教える、といった浪士を念頭に浮べたのである。

浪人という言葉に果して総理の考えておられるような「不逞の徒」という意味が伴っているならば、私は勿論これを取消すに吝かでない。

健造夫人士子《ことこ》さんは、長く大磯の今の吉田邸で、孤独の生活を続けていた。佐藤一齋の血を伝える品のいい婦人であった。心臓が弱いので、山荘の急坂におそれをなして、一度も私の家へは来られなかったが、私の母は小磯の身代り地蔵へ参詣するついでに時折お邪魔をした。吉田総理が、まだ次官か、大使の頃、夫人は茂氏の噂をして、「茂さんも、男は売りましたが、財産は減しましたよ」と云っておられたということである。但し、これは八十二歳の母からきいた話である。事実に相違するならば、直ちに取消す。

(『文藝春秋』昭和二十五年九月号)

＊1　「私の家に七代崇った菱湖の母」（『随筆趣味』昭和十年五月号）。のちに『王城山荘随筆』（三田文學出版部）昭和十六年に収録。次章「吉田茂氏追想」では吉田健造の名は健三と表記されている。

＊2　西園寺公望　嘉永二（一八四九）年〜昭和十五（一九四〇）年。政治家。政友会総裁として、明治末から大正にかけて二度宰相を務める。その後も「最後の元老」として影響力を持つ。大磯にも伊藤博文の滄浪閣の隣に別荘があった。

＊3　近衛文麿　明治二十四（一八九一）年〜昭和二十（一九四五）年。政治家。昭和戦前期に三次にわたって宰相を務める。日中戦争の拡大を防げず、戦後A級戦犯容疑をかけられるが、逮捕前に服毒自殺を遂げる。

吉田茂氏追想

今日（昭和四十二年十月三十一日）は故吉田茂元首相の国葬儀が取り行われる日である。私は去る十四日、九十五日ぶりで病院生活から解放されたが、まだ歩行は思うに任せない。やむを得ない用事の場合には車椅子を押してもらって出かける。吉田氏が二十日の午前十一時五十分に亡くなられたという報を受けたのは、同じ日の午後三時、何か追懐談でも聞かせてもらえまいかと訪れた新聞記者からである。思い出話なら少しはできるが、この脚では、弔問に出かけることは覚束ない。令息健一氏に手紙を書いただけにとどめる。今日の国葬儀にも、遺憾ながら参列することを得ない。ことに葬儀委員長佐藤総理の案内状に添えられている注意事項に記されているように、「儀場周辺の駐車場は、きわめて狭隘のため、バスで御送迎申し上げますので、十二時三十分までに総理府に御集合ください」ということになると、どうしても、車椅子で参列することは無理である。残念ながら思いとまることにした。床上、静かにカラー・テレビで葬儀の模様を拝見することにした。

私が吉田氏に初めてお目にかかったのは、そう古いことではない。

私は『随筆趣味』というささやかな雑誌の昭和十年五月号に、越後の新潟で、代々、廻船問屋を営んでいた私の家が、時代の波と怪奇な運命に弄ばれて没落する顚末を極く短い文章に綴って載せた。「越前浪人」で、私の家に寄食していた吉田健三氏が、業務の衰退を歎く私の祖父に向い、今の中《うち》に思い切って財産を整理し、一日も早く新興都市横浜へ出て一旗あげろとしきりに勧めたのであるが、祖父はどうしてもふんぎりがつかなかった。そうこうしているうちに祖父は脳を病んで若死し、十九歳で家業を継いだ私の父の代になると家運は全く傾き、ニッチもサッチもいかなくなって、吉田氏の往年の勧告を思い出し、遅蒔きながら同氏一人をたよりに横浜に出たのは、弱冠二十歳の時だったというようなことをこの随筆のなかに述べておいた。

この拙文が何かのはずみで吉田茂氏の目に触れたらしい。昭和二十五年九月の『文藝春秋』に載せた随筆のなかに書いておいたように、昭和十七年の頃、上京の目的で、大磯駅のプラットフォームで列車を待っていると、顔見知りの男爵原田熊雄氏に声をかけられた。「あすこに吉田がいますから、おあいになりませんか。国府津に近衛（文麿）が来ていますので、これからあいに行くのです。彼はあなたの随筆を読んでいますよ」とのことである。

土佐の自由党志士、竹内綱の十四子中の、五男として生れた茂氏が、吉田健三氏の養子になったのは明治十四年だった。吉田氏は外務次官からイタリア及びイギリス大使となり、昭和十四年には退任しておられるが、当時はもうれっきとした名士である。拙文が縁となって、こうした名士に紹介されるのは、いささかてれくさい。それに、先方は下り列車を待ち、こちらは上りに乗ろうとしている。「またの機会にしましょう」と答えて、間もなく、フォームにはいった上り列車に乗ってしまった。

私の方から進んで吉田氏に面会を求めたのは昭和二十一年の夏だった。これが同氏との初対面である。この年の五月、第一次吉田内閣が成立し、氏はその首相におさまっておられた。私は慶應義塾の代表者として同塾の窮状を総理に訴え、ことに占拠されている日吉を速かに返還するよう総司令部に交渉していただきたい旨を懇請した。

用談は僅《わず》か数分ですんだ。帰りかけて、腰を浮かすと、総理は「私の養父をご承知だそうですね」と切り出した。「はい、私の父がいろいろご厄介になりました」と答えると、吉田氏は「ご厄介をかけたのはこちらでしょう」という。なるほど、原田氏のいうように、私の随筆を読んでおられるなと思った。総理は、慶應義塾の陳情よりも、むしろ、この方の話に興味を感じておられるらしい。しかし、私は、首相の劇職に在る人をつかまえて、初対面から、親と親との遠い明治の因縁話でもあるまいと遠慮して、そこそこに辞去した。

翌年二十二年一月に私は入閣し、吉田首相とは閣議その他で始終顔を合せていたが、雑談の際にも、養父健三氏のことは一度も話題にのぼらなかったように思う。この年五月、内閣を投げ出し、のんびりした気持ちになった吉田氏は、六月早々私の山荘を訪れてくれた。先ず電話でこれから伺いたいがご都合はどうかという問い合せである。「わざわざお出でいただくのは恐縮です。こちらから伺います」と答えると、先方は「あなたは自動車をお持ちでないでしょう。私には自動車があります。私の方があがります」という挨拶である。おそらく文部大臣を勤めさせた礼をいうつもりであろう。山荘の門をくぐってから一丁半の険しい急坂に、吉田氏はあえぎあえぎ、「えらい所ですなァ」とこぼしながら登ってきたが、少し落ちつくと、実にいい気持ちそうに静かな口調で世間話、昔話を始めた。若葉を渡る風が清々しく部屋に通っていたことを思い出す。この時初めて、私の母を交えて、故健三氏の追想談に花が咲いたのである。

吉田氏は、前に挙げた昭和十年の随筆の中に、私が健三氏を「越前浪人の英學者」と呼んだことが甚だ面白くなかったようだ。氏は、「越前浪人はひどいですね。あれは、是非取り消してもらいたい」と私に迫った。「浪人」というと、たとい、斬り取り、強盗、とまではいかずとも、押し借り、強請《ゆす》り位はやり兼ねない人物にとれるからだそうだ。しかし、私があの随筆に「浪人」と書いたのは、決して『吾妻鏡』に謂ゆる「悪徒浪人」を想像したからではなく、芝居によく出てくるような、暗君を諫《いさ》めて、納《いれ》られず、勘気を蒙って、禄を離れ、節を高くして二君に仕えず、陋巷に隠れて子弟を教える、といった風の浪士を念頭に浮べていたのですと答えておいた。

実際吉田健三氏は明治の初めに英学塾を開いて極く少数の子弟を教えていた時代があった。以前にも引用したことがあるが、明治四年六月に発行された『新聞雑誌』の第五号に載っているところによると、当時福澤諭吉先生の慶應義塾は三百三十三人の生徒を有していたが、吉田氏の英学塾の塾生数は六名ということになっている。

吉田氏はその父祖の名が汚れて後世に伝わることを極端におそれていたようだ。「越前浪人」の取り消しを迫ったのは、どこまで本気か、冗談か判らないが、かつて、阿部真之助氏だったかが、氏の実父竹内綱氏を評して「荒淫度なし」というような言葉を使ったのを読んだ時の怒りようはなかった。「自分の父は、断じて左様な人物ではない。それは大江卓（同じく土佐の自由党の志士）の誤りだ」と息巻いていた。

吉田健三氏は、その後、横浜の商館英一番に勤め、産を成して後、「自由党のパトロン」となり、『絵入自由新聞』を創刊し、二万四千の自由党員に板垣退助の名で購読勧誘の葉書を出したりしたが、私の子供の頃には醤油醸造業を経営し、「太田（地名）の醤油屋」でその名が通っていた。健三氏が果して横浜の長者番附のどの辺におったかは知らないが、とにかく同市の富豪の中に数えられていたことは明らかだ。最近出た雑誌を見ると、茂氏が吉田家を相続した時、今の金にして二十二、三億の財産があったと書いている。吉田健三氏の未亡人士子《こと》さんは、今の吉田邸のある場所に建っていた小磯の小さな家に孤独の生活を長く続けていた。私の母は、時折、お目にかかって四方山《よもやま》の話をした。吉田氏がまだ外務次官か大使のころ、老夫人は茂氏の噂をして、「茂さんは男は売りましたが、財産は減らしましたよ」とつぶやいておられたという。

この母から聞いた話を、私は昭和二十五年の随筆に書いて置いたが、吉田氏はこれも読んだらしい。それから間もなく、『読売新聞』から依頼されて、同紙の元旦号に掲載される筈の、吉田氏との対談を行った際、どういう話の続きからか、ある富豪の家に養子にはいった某氏が、親の遺産を数倍に殖して死んだというと、吉田氏は「不届至極ですね」といって私を驚かした。養家の遺産を減らさない養子は不届なのであろう。近刊誌の報じるところに、もし誤りがないならば、健三氏の遺した巨億の財産は、茂氏の死ぬときにはほとんど残っていなかったそうである。

吉田氏は人に対する好悪、愛憎の念が頗る強かったようだ。大磯には、終戦後、樺山《かばやま》愛輔《あいすけ》元伯爵が音頭取りで始めた老鶴会[*1]という少数の会員から成る寄り合いがあった。吉田氏も最初からその会員になっていたが、一回も出席したことがない。文化勲章を受けた会員の安田靫彦画伯が宮中でご陪食の栄に浴した際、吉田首相も同席していた。安田氏が吉田氏に「どうして老鶴会にご出席になりませんのですか」と聞くと、吉田氏は言下に「○○のような悪党が会員の中にいるから出ません」と、かなり高い調子で答えた。陛下のお耳にも、むろん、はいったであろう。温厚の安田氏は、ビックリしてしまって、二の句が継げなかったという。

昭和十一年以来三ヵ年にわたる英国大使時代に氏は、ウィンストン・チャーチルと親交を結んだと伝えられているが、チャーチルはむしろ嫌いだったと私に語ったことがある。

氏は日本再軍備問題などで米国の国務長官特別顧問（後に国務長官となる）ジョン・フォスター・ダレスと激しく渡り合い、近刊の週刊誌によると、その後、ラジオのインタビューでも、「なんだ、この間まで名も知られない男だったくせに、あまり威張ってやがるものだからね……」とダレスを遠慮容赦もなく、手厳しくきめつけていたとのことである。

「世話になったアメリカ人に日本の美術品を贈りたいのですが、何がいいでしょう？」という相談を吉田氏から受けたことがある。私は木彫がいいのではないかと考えて、平櫛田中氏を紹介した。平櫛氏は乾燥度の高い米国に送るのだと聞いて用材の選択に非常な苦心を払われた。やがて、見事な六代目菊五郎の鏡獅子の後ジテの木彫が出来上った。吉田氏は頗る満足の体だった。平櫛氏と私を外務大臣官邸（今の迎賓館）に呼んで、ご馳走してくれた。いったいアメリカの誰に贈るつもりかと聞いて見ると、なんとそれがダレスではないか。この辺の呼吸のなかなかいい人だった。

第二次吉田内閣の成立する直前のこと、文相の適任者について相談を受けた。第一次吉田内閣の際、無党籍閣僚の悲哀を沁々感じた私は衆参両院議員の中から適材を選ぶべきことを切に勧めたが、吉田氏は、やはり、学者か文化人のなかから選びたいようだった。「それならば、安倍能成氏あたりが、すでに一度文相の経験もあり、最適任者ではないでしょうか」というと、吉田氏は、暫く私の顔を見詰めていたが、やがて妙なことを言い出した。「私は安倍さんに感心したことが、ただ一度だけあります」。安倍氏の入閣が決定し、親任式の行われる時が来た。他の新閣僚の顔は、みな、揃ったが、今しがたまで総理官邸におった、安倍さんの姿が見えない。参内の時間も迫ったので、みんないらいらしていると、やがて額の汗を拭き拭き現れた。どうしたのかと訊くと、安倍さんは「大急ぎで風呂にはいってきた」というのです。斎戒沐浴し、心身を清浄にし、謹厳な気持ちで親任式に臨もうとするその心根だけは買ってもいい。が、しかし、その他の点では……という意味に取れないこともなさそうだ。

氏は尾崎行雄氏の国会での演説に、甚しく不快を感じたらしい。「あなたの先輩だが、あの爺さんには困りますね」と私にもらしていた。

吉田氏はひとり尾崎氏ばかりでなく、国会での議員の演説や質問に対して憤りを感じる場合が多かったようだ。昭和二十八年二月、今の民主社会党委員長西村栄一氏の、参議院予算委員会の質問に対して、「馬鹿野郎」と怒鳴ったのなどは、その極端な現れであろう。しかし、吉田氏は、すぐその後で、「年甲斐もなく、馬鹿野郎呼ばわりをしたおれの方が、却って馬鹿野郎だった」と反省する人でもあった。

国会といえば、昭和二十二年の総選挙前のことを思い出す。吉田氏は、土佐というところは大物を落選させるのに興味を持っている土地だ、今度の選挙は自分にとって苦戦だろうと思う、是非、土佐へ来て、応援演説をやってくれとのことだった。しかし、私は応援演説というものがひどく嫌いだ。これまで友人知己からいくら頼まれても引き受けたことがなかった。外ならない総理からの依頼でも、到底承知する気になれず、はっきりと断った。その後、間もなく、宮中のお茶の会に閣僚たちが招かれた。その日は選挙前なので、お召に応じたものは、吉田氏や私も入れて僅か三人だけだったように記憶する。席が定まると、吉田氏は改まった口調で、先ず「陛下、高橋文部大臣は、いくら頼みましても、私の応援演説に来てくれません、どうぞ勅命を下し賜りますように……」と切り出した。陛下は朗らかにお笑いになった。私ども三人も笑った。

吉田氏は幸いにして当選したものの、自民党は第一党たる地位を社会党に譲った。吉田氏は内閣総辞職の決意をしなければならなかった。

ある日、吉田氏から電話があった。「牧野の老人が柏（千葉県）から出てきています。あなたにあいたいということです。来てくれませんか。彼は特別に文部行政に関心を持っています」。牧野伸顕氏は、ご承知のように、大久保利通の子で、文相、農相、外相、宮相、内大臣などを勤めた老政治家で、亡くなった吉田夫人雪子さんはその長女である。初めのうちは、三人で鼎談したが、やがて総理は、何か他に用事でも出来たか、中座してしまった。あとは牧野氏と私だけの対談になる。いろいろと文教関係の話が出た後に、牧野氏は枢要の地位にある文部官僚が、出世や栄転だけにあこがれ、じっくりと自分の椅子に長く腰をおろして、しっかりと仕事と取り組む心構えのないことを憤慨される。私も頗る同感であるが、しかし、文部省の役人がみんなそうだとはいえない。先日ある役人を「栄転」させようとしたが、彼は、どうか今の地位にとどまらして貰いたい、今始めた仕事を是非自分の手で完遂させたいといってきかなかったと話した。

牧野氏は暫く無言で私の顔をジッと見ておられたが、やがて、「ほんとうに、そんな人がおりましたか」と不思議そうに言われる。よほど感動されたらしい。

後に、この話を吉田氏にすると、吉田氏は皮肉な笑みを口辺に浮べていう。「ほんとうに感心したのでしょうか。なにしろ、食えない爺さんですからね」。

牧野老は、社会党が第一党になっても、総司令部の命令一下、依然吉田内閣が存続するものと考えていたが、吉田氏は「いや、マッカーサーは片山哲君を総理にすることを承知していますよ」と涼しい顔をしていた。

第二次、第三次、第四次を経て、第五次吉田内閣の末期は、おそろしく評判が悪かった。昭和二十九年十二月某日はひどく寒い日だった。時々薄日がさすが、すぐかげってしまう。午後二時半、車で山荘を出て、上京する。三時、車中でラジオのスイッチを入れると、「内閣総辞職」の声が強く耳を打った。横浜近い頃から、政治評論家の意見や見通しが放送される。吉田氏が辞めても、同氏に対する批評は辛辣さを減じない。丁度、その時、運転手が叫んだ。「ア、吉田さんだ」、私は、すれ違った車の方を見返ったが、強い近眼の私には、吉田氏の顔は見えなかった。政治評論家の激しい議論は、なおラジオで続いている。

吉田氏は大磯切通の邸宅に帰って、坂本喜代さん[*2]との二人だけの静かな生活が営まれるのであろう。二十余年間、氏の世話をしたこの婦人は大正十三年慶應義塾大学経済学部卒業の佐久間梅雄君の妹に当たる。

私は大磯の山荘はそのままにしてあるが、ここ十数年間東京住いが多くなって、大磯へ帰ることは稀れになった。その上、生来の不精が手伝って、吉田邸を訪問することも全くなくなった。もとのちんまりした義母お士《こと》さん以来の住いは、豪壮な邸宅に変じたと聞いたが一度も見たことがない。こんなに急になくなられるのなら、せめて一、二度でもお邪魔して愛嬌のある毒舌を拝聴しておけばよかったと悔まれる。

（『三田評論』昭和四十二年十二月号）

＊1　「丁卯会」『三田評論』昭和三十九年、八・九月号（『新編　随筆慶應義塾』所収）も参照。ここには老鶴会の会員として、高橋以外に次のような人々の名があがっている。樺山愛輔、池田成彬、吉田茂、安田靫彦、照石照男、浅野良三、赤星鉄馬、橋本実斐、矢代幸雄、楢橋渡、沢田廉三、野村駿吉、今野源八郎（世話人）、また石田礼助氏が「飛び入り」で参加したこともあるという。老鶴会の名は「鶴もすむ松も老いたりこゆるぎの……」に因み、高橋が思いついてつけたもの。

＊2　かつて新橋の芸妓であった小りんの本名。

虎が石

今はなき吉田茂氏の『大磯随想』と題する豪華本が雪華社から出版されたのは昭和三十七年九月だった。これは、もと、朝日新聞社発行の英文年鑑“This is Japan”に、一九五五年から六二年にわたって連載されたものの原文である。

この出版を記念する会が、翌三十八年一月十九日、ホテル・オークラで、零時半から催されて、各界多数の人々が出席した。司会者に指名されて、幾人かが祝辞を述べさせられた。最初に演壇に立ったのは、時の首相、池田勇人氏だったと記憶する。池田氏の祝辞は、今になっては、だいぶ記憶が薄らいだが、何でも、この吉田氏の著書が、最も興味深く読まれるのは、共産主義国家や日本の革新政党に対する辛辣な批評にあるというようなことを申されたと覚えている。そのあとで、私が呼び出されてマイクの前に立った。

私は次のようなことを喋った。池田さんには、少しお気の毒であったが。

「首相は、ご自分が会心の笑みを漏されたところだけを、反復、愛誦しておられるように思う。しかし、私にとって、この本が面白く読まれるのは、むしろ、吉田さんがソ連と同じく、アメリカをも仮借するところなく批判し、社会党と同じく自民党にも毒舌を浴せている点にある」。

今、この『大磯随想』を読み返して見ると、やはり、同様の感なきを得ない。

この書の最初の部分が発表されたのは、第五次吉田内閣が総辞職し、鳩山内閣が成立した翌年である。

曰く、「現在、日本では保守と革新の二大勢力が對立してゐる。私は豫《かね》てさうありたいと思つて、多年主張して來たのだが、やつて見たら、甚だ旨《うま》く行かなかつた。何度かの國会で、それがはつきり解つた」。「形は二大政黨になつてゐるけれども、實質的には、保守黨の中には、自由と民主の二つの黨が對立してゐるし、社會黨にしても左と右の两派が對立してゐる。まだ完全に溶け込んでゐないからである」。「併し私は諦めてはゐない。諦めるには早い。これが何年も掛った結果、どうしても旨く行かないとなれば、日本は議會政治を運營する能力なし、と諦めるより仕方がないが、さう諦めるまでは、大いに努力しなければならない」[*1]。吉田さんは、保守、革新二大勢力の対立の「すっきりした姿」で議会政治の行われる日の到来を待っていた。しかし、その実現を見るためには、なお、二、三年の時日を必要とすると考えていた。だが、それから十年余を経過した今になっても、まだ、同氏のいわゆる「共通の広場」は出来そうにもない。真の二大政党対立への道は頗る遠いという感が深い。

吉田さんは、日本共産党の将来を、一部の人ほど、過小評価してはいなかった。むしろその活躍し得る環境があり、大きなスポンサーを持っているところから、非常にこれを重大視していると称している。

吉田氏は、吉田内閣の後を受けて昭和二十九年十二月十日に組織された鳩山一郎内閣に対して、歯に衣《きぬ》を着せず、率直に非難の声を挙げている。「鳩山内閣の最大の缺點は、政治の能率が上らなかったことである。民主主義の原則は吉田内閣よりも進められたやうだが、國民が鳩山内閣に失望したのは政治の非能率といふ點である。この事實は掩《おお》ふべくもない。然も政治の非能率が議會政治に失望させる大きな原因になった。鳩山内閣では、何一つとして捴理が問題を決めることが出來なかった」。「その點、吉田内閣の方が能率的だった」と吉田氏は説く。[*2] こうした声は、必ずしも、吉田、鳩山の派閥争いからのみ発せられたものではあるまい。

米国に対しても、吉田さんは、遠慮会釈もない。「アメリカの對日政策は兎角《とかく》、中途半端なのを、私は常に遺憾とする。所謂、反米感情は、その爲に起るのである」。「鳩山内閣の時、防衛分擔金を値切った。それを、アメリカ側は又、不同意を唱へて交渉が縺《もつ》れた。値切った方も値切った方かも知れないが、それだけのことに交渉を縺《もつ》れさせるアメリカもアメリカだ」[*3]。

共産主義国家に対しても、同様辛辣である。「ソ連は資本主義國家は資本主義自身によって自壊作用を起すといふが、寧ろ共産主義國家こそ自壊するものと思ふ」。「貧乏な國、物資の乏しい國でこそ、共産主義は存在し得る制度である。併し物資がある限度以上に乏しくなれば叛亂が起るし、物資が豊かになり、經済が繁榮狀態となれば、その國では、共産主義は勢力を失ふ」[*4]。

吉田氏は眼を転じて、日本国内の政情を見る。「現在、日本の政治は自由民主黨が絶對多数を制して、政局は一應の安定を見てゐる。併し今後は、自民黨の幹部達が力を合せて政治の仕事を進めるべきである。黨内から黨の統一を亂すやうな動きをすることは、最も非民主主義的なことである」。吉田氏は自民党内の派閥解消の要を力説する[*5]。

社会党はどうか。福祉国家の建設を唱えるのは結構だが、総評の強力の影響の下に、労働者をストに追いこんだり、徒《いたずら》に賃上げ闘争に荷担するようなことばかりやっていたのでは、当分、政権にありつくことは出来ない。また、こんな政党に国政を託すことは出来ない。吉田氏は歯切れよく、こんな啖呵を切っている。

鳩山内閣に対する吉田氏の毒舌は、鳩山氏の死後、岸信介内閣時代に現れた、一九五九年の随想「海浜にて」になっても、なお、続く。「鳩山内閣の時に、景氣がいい、神武景氣だなんて言ったが、その實は外貨を使ってものを買って、それで景氣がいいと言つてをった。だから、目が覚めて見たら臍繰《へそく》りがなくなってゐた。實に飛んでもないことで、吉田内閣の時に苦心惨憺して憎まれながら、倹約した臍繰りが、皆使はれてしまった譯である。鳩山は、何とかして人氣を取らうとしてやったのだらうが、國の計算を忘れて、自分の人氣を考へる、これが政治家の最も悪い所である」*6。

それならば、吉田氏は、日本の民主主義を担う政治家は誰々と見るのであるか。曰く、「强ひてホープを探してみれば、自由民主黨の中では、先づ岸信介、河野一郎、三木武夫、それから池田勇人などが、若いといふ理由で擧げられる。その他に佐藤榮作位のものである」。この人たちが理想的な民主主義的政治家であるか、どうかは別問題として、「現實にはこれ等の人の他にゐない」。「社会黨には、これも戰前の連中が牛耳《ぎゅうじ》ってゐて、ホープがまだ現れていない。强ひて擧げれば、和田博雄邉《あた》りが主流になって行くのではあるまいか」*7。

吉田氏にいわせれば、日本のデモクラシーが旨く行かないのは、政治家が無能であるためである。多少有能と思われる人達は、戦後に追放され、七、八年後に解除された時は呆けてしまっていた。呆けていないものは、時代のズレが出来ていた。新しく出て来た人は、まだ、政治的の訓練と経験を積んでいないために、国家を背負うだけの力が足りない。要するに次代を担うホープは見当らないことになる。古い型の政治家がまだ活躍している一方、若人たちは、しゅんとして、しぼんでいる。これが民衆に絶望的な感じを与えている最大の原因である。「鳩山内閣のやうな無能力な内閣が續くことは、その反動として國民を専制化へ追ひやる危険性がある」*8。

吉田氏によって、最も手厳しく非難攻撃を加えられている鳩山氏が、とっくの昔に亡くなられたばかりでなく、氏によって若いという理由でやや有望視された六人の政治家の中で、三人は、吉田氏よりも先に故人になってしまった。

私は、この記念祝賀会で、吉田氏の『大磯随想』礼讃だけに止めて、降壇すれば、それでよかったのであるが、つい、調子に乗って、余計なことを喋ってしまった。

吉田氏は、明治、大正の頃にあったような元老を無用と見るばかりでなく、もし、そんなものが出来るようになったら、日本の議会政治は先ず半ば以上、終りに近付いたものであると主張しておられる。しかし、吉田氏自身は、事実上、少なくとも、自民党内では、自然と、元老的存在になっておられる。かつて、興津の西園寺詣りが頻繁に行われたように、今では、大磯切通身代り地蔵附近の吉田参りが盛んに行われているという噂をしばしば耳にしている。

大磯には、今、法華宗の延台寺という寺に、宝物として保存されている「虎が石」もしくは「虎子石」と称する艶々とした美しい石がある。曽我兄弟が返り討ちになろうとした時に、十郎の身代りになった石だと伝えられている。もとは、この寺の番神堂に安置されていたとのことである。この石は果して、徳川時代の戯作《げさく》者や画家に題材を供している「虎が石」と同様のものであろうか。今の虎子石には、その一方の端に矢の当たった痕跡と伝えられている穴がある。虎御前の性器を思わせるものがあるかも知れない。

元禄三年に初版を出した遠近道印作、菱川吉兵衛画の、三分を一町に積った『東海道分間繪圖』は一種の道中記と見ることの出来るものであるが、真言宗の地福寺の横に「虎石此寺に有」りと記入されている。昔は鴫立沢辺にあったともいわれている。

延台寺に安置される虎が石

万治年間に現れた浅井了意の著と伝えられている『東海道名所記』は、楽阿弥陀仏という行脚僧が道連れの大阪辺の商家の手代に名所古蹟の物語りをしながら、江戸から京の黒谷へ上る道中記であるが、これには、「虎が石とて丸き石あり、よき男のあぐれば、あがり、あしき男のもつには、あがらずといふ。色ごのみの石なりと、旅人はあざむきかたる」とするされている。

降って、寛政五年に出版された山東京傳作、鳥居清長画の黄表紙『富士之白酒、阿部川紙子。新板替道中助六《しんぱんかわりましたどうちゅうすけろく》』の序には、「助六一ッ印籠には、虎が石を以って根付《ねつけ》とし」云々と洒落れ、本文には、朝顔仙平が大肌抜ぎになって、虎が石を持ち上げようとしているのを、くわんぺら門兵衛が、お定まりの湯上り姿で見ているさまが描かれ、「虎が石は、婦人に縁近き者には軽く持て、縁遠い者には重く持てると聞く、朝顔仙平ためして見たくなり、持ってみれば、動きもせず」などと図解が施されている。

享和二年に出た十返舎一九作、栄水画の有名な『東海道中膝栗毛』初編では、北八が、虎が石を見て、「この里の虎は藪にも剛の者、おもしの石となりし貞節」とやれば、弥次郎兵衛は、とりあえず、「去りながら、石になるとは無分別、ひとつ蓮《はちす》のうへにや、のられぬ」とやり返す。

この『膝栗毛』初編が出版された翌年、すなわち、享和三年春に刊行された山東京傳作、北尾重政画（画家の名はしるされていない）の『分解道胸中雙六《ぶんかいどうきょうちゅうすごろく》』と題する「人の心の道中記」では、大磯は「おほぎたう」と捩《ねじ》られ、ここには、修験者が祈禱しているさまが描かれ、その胸には、やはり、虎が石を持ち上げようとしている諸肌脱《もろはだぬ》ぎの男と、その側らに佇《たたず》む旅装の男が画かれている。

道中文学と密接な関係にある浮世絵の方では、東海道の風物を描いたものは、斯流の元祖といわれている菱川吉兵衛師宣以来、決して少なくはなかったであろうが、純然たる一枚刷の錦絵として、各駅次々の趣を筆にし、その中の一図として「大磯」を画いた最初の人は、おそらく葛飾北斎ではあるまいか。

北斎の『東海道』が出版されたのは、凡そ享和から文化にかけての頃と推定される。この種のものでは、小判横絵三組（内、一組は享和四年版であることが明らかである）、正方形小判一組（文化七年版）、中判竪絵一組などが知られている。これらのものの中の「大磯」では、北斎は、ほとんどみな、虎が石を主題としている。

小高い丘の木陰に、荷物や、笠や、道中差しを地べたに置いて、一人は路上の丸い大石を満身の力をこめて引き起そうとし、一人は、すでに試みて、流れる汗を、ぬぐっているさまを画

葛飾北斎『東海道五十三次』大磯（慶應義塾所蔵）

いたものがある。坊主頭の子供が虎が石を抱えているのを旅姿の女二人が、微笑《ほほえ》ましげに眺めているさまを画いたものがある。「とら子石」と墨黒々と刻り附けられた大きな塚石を、旅人が四、五人、立ちどまって見上げている態を筆にしたものもある。彼はまた、前記中判竪絵の序文の中に「大磯の虎が石、おもいぞ〱といへば、草津の姥が餅、うまいぞ〱と食ふ」などと述べている。北斎は実際にこの石を見て画いたというよりも、むしろ漢画趣味の彼が『丙辰紀行』にある林羅山の詩、「十郎慷慨愛㆓於虎㆒、血気武人犀甲軀、妾婦当時誓㆑星否、隕成㆓此石㆒似㆓望夫㆒」を念頭に置いて、これらの図を画いたのではあるまいか。

喜多川歌麿は、その晩年に『美人一代五十三次』を出しているが、その中の「大磯」には、やはり、虎が石の図があしらわれている。虎御前の末裔である大磯の宿場女郎に一夜の春を求めようとして、果して、今宵は如何なる待遇を受けるか、持てるか、振られるかを予めこの石の重さに占う色好みの旅客も多かったことであろう。

大磯の町外れに居を構えている吉田元首相を訪う政客は、この老政治家の今日のご機嫌如何を予め知るために、この虎が石を持ち上げて見てはどうか。延台寺の和尚さんは、この珍石を絹の袋に入れ、寺内深く蔵して、観覧料を取るよりも、これを寺の門前に置いて、持ち上げる人から一回いくらかの料金を徴したらどうか。

もちろん、こんな長いことを喋ったわけではない。引用などは、一切、これを省いて、せいぜい、四、五分のお粗末の祝辞で、ご免を蒙った。吉田さんは、もとより、その席に居られた筈であるが、どんな顔をして聴いて居られたか、私の極度の近眼では、さだかに見ることが出来なかった。

これも、吉田さんに対する追想の一つである。

（『三田評論』昭和四十三年四月号）

＊1　『大磯随想』（雪華社）昭和三十七年、十〜十一ページ

＊2　同右　十五〜十六ページ

＊3　同右　二十三ページ

＊4　同右　二十七ページ

＊5　同右　三十ページ

＊6　同右　五十〜五十一ページ

＊7　同右　十七ページ

＊8　同右　十六〜十七ページ

獅子文六氏あれやこれや

私は獅子文六氏と同じく横浜で育ち、同じく慶應義塾に学び、今では同じく大磯に住んでいる。執筆のお邪魔をしてはと遠慮して氏を訪問することは極めて稀であるが、時折湘南電車の中などで一緒になると、話は次から次と尽きることがない。藤沢で下車する筈の氏を大船まで乗り越させてしまったこともある。

初めて氏の訪問を大磯の山荘に受けたのは、まだ終戦後間もない頃であった。その時、氏は福澤先生を書きたいといっていた。少しばかり材料のお世話などを引き受けたが、その後、重ねて来訪を受けた時、福澤先生が、あんまり流行児《はやりっこ》になってしまったので、手をつけるのが嫌になったといっておられた。獅子氏の大作『福澤諭吉』はついに現れることがないらしい。福澤先生に関して、『福翁自傳』以上に興味のある伝記小説を書き得る人は少い。まず獅子文六氏かな、と楽しみにしていたのであるが、まことに残念なことだ。

進駐軍が湘南地方へ入り込んで来ると、氏は四国へ「疎開」するといい出した。「大丈夫でしょう。そんなに心配するほどのことはないでしょう」と私がいうと、獅子氏は真顔で「あなたには娘を持った父親の気持がお判りにならん」といい放った。氏は、その頃、足柄下郡の吉浜におられたのである。四国疎開が、あの面白い『てんやわんや』を産んだのである。

社会秩序が安定してくると、獅子氏は湘南地方へ舞いもどって来た。こんどは大磯の住人となられたのである。そうして、ここで名作『自由学校』が執筆されたのである。やがて、愛嬢は良縁を得て、嫁いで行かれた。父一人になって、さぞ、お淋しかろう、と思っていると、すぐに、立派な奥さんが出来た。私も前に一度お目にかかったことのあるかたである。吉川元春の後裔で、馬術の達人であると承っている。短い対話の間にも機鋒なかなかに鋭い女性である。文六氏決して「五百助」ではないが、新夫人には、どこか「駒子」らしいところがある。この結婚は「楽天公子」を逆に行ったような感じがする。

獅子氏との話は、まことに面白いが、一つ調子の合わぬ点がある。それは現代小説が話題にのぼった場合である。氏は一向現代日本の小説を読んでいない。他人の書いた小説なんか、長い時間をかけて読む気にならぬらしい。名優先代市村羽左衛門が、「旧劇なんか、おかしくて見てはいられない。新派なら見てもいいが……」といったという話を思い出す。

獅子氏の客間には同じく大磯の住人安田靫彦氏の筆に成る「牡丹亭」の額がかかっている。「牡丹に唐獅子」から思いついた風流であろう。氏はこの牡丹亭の裏に聳えているいつも翠の色の美しい山々を、悠然と望みながら、静かに筆を運んでいる。「文六」の「文」は文殊菩薩の「文」から取ったものと思っていたら、どうも、そうではないらしい。知恵の文殊よりも、慈悲の普賢の方がおすきかも知れない。明治の俳人の句に曰く、「獅子眠るその唇に蠅の糞」

(『獅子文六作品集』角川書店、月報　昭和二十七年)

見舞客

「年内のご退院はご無理でしょう」と主治医の今井望先生は不安げに言われるが、どうも病院で年越しをする気になれないので、一昨日（昭和三十八年十二月二十八日）思い切って帰宅した。[*1] 半ギプスをかけて、時々立ち上る稽古をしているが、容易のことでない。三人の力を借りなければならない。「もう、これから先は医者の力には及びません。ご自分の努力による外はありません」とお医者は言う。病気は医師の投薬か注射か手術かで直るものは直ると思っていたが、やはり最後は患者の努力によるのかなどと考えながら仰臥している。結局、他力本願は駄目か、自力更生の途を講じなければならないのか。

病院生活中、よく人から「お退屈でしょう」といわれた。退屈どころか、私の八十年の生涯のうちで、これほど多忙の日々を送ったことはない。平生、不規則な生活をしていた私は、毎朝六時の検温から始まる厳重な病院のルーティンに服さなければならなくなった。その上に新聞を読む。ラジオを聴く。テレビを視る。原稿を書く。その間に、自力快癒の「猛訓練」をやる。眠りに就くのはどうしても十一時になる。その上に私を慰め、元気付けに来てくれる見舞客が多い。見舞客は三十一日間に二八五人に達した。主治医は「面会時間五分以内」と書いた貼り紙を入口にしたが、なかなか守られない。私の方でも、もっと長く話していってもらいたい客人が少なくない。中には随分談論風発の士もある。私の方がお客よりも余計に駄弁を弄する場合もある。愉快な話をしてくれる人が多いが、まま悲しい報知をもたらす人もある。

十二月二十一日の午後、慶應義塾大学医学部長の松林久吉氏が私の病室を訪れて下さった。いつものように若々しい顔に愛嬌のこぼれそうな笑《えみ》を浮べて、「いかがですか」と問われた。松林氏のお見舞を受けるのはこれが初めてではない。別段変ったこともないが、「有りがとう」と答えて、何か附け加えようとしているうちに松林氏の顔から、笑が消えて、「いい話ではないのですが……」と切り出した。どきっとした。まさか私の患部が悪化したという知らせを持ってこられたのではあるまい。何事かと私は思わず緊張した。「板倉卓造先生[*2]がおなくなりになりました」。私は松林氏の顔を見詰めて、何も言うことができなかった。嘘ではなかろ

照ガ崎海岸（現在）

うか。夢ではないか。板倉氏は、つい先日（十四日）、私の病床を訪れて、元気づけてくれたばかりである。その板倉氏が死んだというのだ。本当だろうか。

　混乱した頭のなかに古い記憶がよみがえった。昭和三年八月のことだった。その頃、私は大磯照ガ崎の海岸で一時間ほど海水浴をやるのが毎日の例になっていた。ちょうど時間だ、出かけようと、タオルなどを用意していると、女中が「電報です」といって差し出した。大方、原稿の催促だろうぐらいに思って、開いて見ると、「イタクラシボウコクベツシキ……」云々、すなわち「板倉死亡告別式何日何時」と読まれた。何としたことだろう。急病か、事故か。咄嗟のあいだに、同氏との長い交際が走馬灯のように頭の中を次から次と、走せ廻《めぐ》る。とにかく海水浴どころではない。すぐに出かけよう。偶然にも、仏壇に向って珠数を爪繰っていた母に板倉氏の死去を告げ、これから出かけると言うと、母も驚いて、改めて合掌したのち、灯明を消し、すぐに立って着物を出してくれた。袴の紐を結びながら、ふと考えた。発信者は板倉家ではなく、慶應義塾である。それなのに「板倉死亡」は、ちとひどすぎる。いくら電報でも、「板倉氏死亡」とぐらいは書きそうなものだ。

念のため、いま一応電文を読み直して見る。何のことだ。ひどい読みちがいをしたものだ。「イタクラシボウ」(板倉死亡)ではなく、「イタクラシボドウ」(板倉氏母堂)なのだ。板倉氏の母堂の亡くなられたことも、大磯にいて全く知らなかった。その告別式の日時がきまったのを学校が知らせてくれたのだ。

それから三十五年経った今聞く板倉氏の死も何かの間違いではあるまいか。

数日前、私のベッド近くに腰をおろして、いろいろ話してくれたことが思い出される。「私も骨折で入院した経験がある。その時は病院生活を百一日続けた。君も気長にゆっくり加療しろ」。「病院の食事はどうだ。食えるか。自分は一度も食わなかった。この辺には甘《うま》いものはない。ただ一軒、大阪寿司の甘いのがある。それだけは食える」。「一日中、そうやって足を高くあげているのか」。傍らの看護婦を顧みて「おい、せめて夜だけでもおろしてやれよ」。

そんなことを、歯切れのいいいつもの調子で、ずばりずばりと言ってのけた氏の声音《こわね》はまだ耳にはっきりと残っているが、その人はもういないのだ。「自分の入院中、いちばん甘く感じたのはスープだった。今日はスープを持って来たよ」。八十四歳の老人が重いスープの缶詰十二個をさげて見舞に来てくれたのだ。そのスープはまだ飲みきれずにいる。この脚では悔みにも出かけられない。

私は先頃、米国大統領ケネディが凶弾に倒れたという大ニュースをラジオで聞いたとき、まず思い出されたのが板倉氏のことだった。ケネディと板倉氏、いかにも奇妙な連想のようだが、六十四年前、二十五代の大統領、ウィリアム・マッキンリィがバッファローで無政府主義

板倉卓造氏（慶應義塾福澤研究センター所蔵）

者に狙撃されたという報道が伝わったさい、慶應義塾が募集した懸賞文（当時は試文といっていた）『無政府主義およびその対策』で一等に当選したのがその頃政治科の学生だった板倉氏だったからである。板倉氏はこの論文を出版したい意向だったが、思うに任せなかったので、これを私どもの編集していた学生雑誌『三田評論』[*3]に連載した。実に堂々たる論文だった。その頃、私は芝白金志田町の素人下宿で板倉氏と同じ部屋に住んでいた。新しい毛筆の先を自分で剪み切って、和紙の原稿用紙に見事にこの論文を浄書している氏の姿が眼底に浮ぶ。

板倉氏が私を見舞ってくれた翌々日、すなわち十二月十六日の『産経新聞』の「月曜論壇」に、氏は「八人の大統領」という文章を載せている。私は氏の没後、この論文の切り抜きを和

光の服部禮次郎氏から送ってもらった。氏の生前を偲びながら読み耽った。初代のワシントンから当代のジョンソンにいたる三十六人の米国大統領の中で、副大統領から正大統領に昇格したもの八人について述べられている。その中には、むろん、マッキンリィが暗殺されたのち二十六代の大統領となったシーオドア・ローズヴェルトが近代の米国で第一流に位する名政治家の一人であったことを書き落していない。板倉氏は死の直前、この短論篇を書いているさい、この六十余年前の米国大統領暗殺と関連する青春時代の長論文を想い出していたろうか。

二十六日に慶應通信株式会社の常務取締役山根勝亮氏が来てくれた。同社の毎年行う年末の慰労会に顧問として出席した板倉氏は当日欠席した私の噂をして、「高橋という男は、おれのことをおれ以上に——おれの忘れてしまったことまで覚えている」といって一座を哄笑させたそうである。しかし、板倉氏は、さすがにこの試文一等賞のことは忘れなかったろう。氏に関する記憶がいちばん鮮かに残っているのは学生時代のことである。

昭和三十八年は今終ろうとしている。この年はじつに多くの知人を奪った。手帳を繰って見ると、日本舞踊の花柳徳太郎氏、美術評論家の脇本楽之軒氏、交詢社常議員長徳川家正氏、三越取締役社長岩瀬英一郎氏、日本芸術院会員の洋楽家安藤こう氏、同じく芸術院第二部長久保田万太郎氏、同会員で南画家の松林桂月氏、同会員で歌舞伎俳優の市川猿翁氏、衆議院議員元法務大臣花村四郎氏、元文部次官西崎恵氏、日本芸術院会員で能楽師の橋岡久太郎氏、元日本女子大学校長井上秀子氏、日本芸術院会員で陶芸家の板谷波山氏、交詢社員松本健次郎氏、慶應義塾大学経済学部教授小島栄次氏、元慶應義塾評議員会長加藤武男氏、神島化学社長宮原清氏、元大蔵大臣渋沢敬三氏、歌舞伎俳優の市川段四郎氏、音楽評論家牛山充氏という順に葬儀が行われた。入院中に弔辞を送って代読を依頼したものに歌人の佐々木信綱氏と映画監督の小津安二郎氏のそれがある。むかし、塾生の機関誌『三田評論』の表紙の図案を依頼したり挿画を画いてもらったりした塾員安藤復蔵氏も歿した。それにこん度の板倉氏の死である。私は、むろん葬式にも告別式にも参列することができず、床の上で黙禱を捧げる外はなかった。告別式の帰りに私の見舞に立ち寄ってくれたモーニング姿の人もある。

これら故人となった人の中には、長らく重病の床にあった人や、すでに危篤を伝えられて何日かを経た人もあったが、あまりにも急なことで衝撃を受けることの殊に大であったのは久保田、小島、板倉三氏の訃である。

久保田氏が急死されたのは五月六日だった。*4 私はこの日の夕暮、大磯の山荘で電気もつけずに崖下の小川で鳴く蛙の声に耳を傾けていた。書斎まで蛙の声の伝わってくることは極めて稀れだ。ニュースの時間だとふと思いついてラジオのスイッチを入れると、まず聞こえたのは久保田氏が急に危篤状態に陥って病院に運ばれたという報道である。愕然たる間もなくその死が伝えられた。

久保田氏には三日前の五月三日椿山荘で催された旺文社の園遊会で一緒になったばかりである。しかも、新緑に包まれた会場で、椅子に腰をおろして、余興を見ながら、久保田氏はビール、私はジュースを飲みながら、かなり長い間雑談を交わした。久保田氏は市川猿翁、段四郎親子の病容を案じておられた。「あの二人に死なれたら若い猿之助は木から落ちた猿ですよ」。

その猿翁、段四郎両氏よりも早く久保田氏は世を去ったのである。

猿翁、段四郎の両優も、相次いで故人となった。しかし、若い猿之助君は、木から落ちるどころか、健気《けなげ》にも枝から枝に跳び移って、威勢のいい舞台活動を続けている。十二月二十四日には段四郎氏の未亡人高杉早苗さんが見舞に見えて、東横の師走興行が楽《らく》になりましたら猿之助がお見舞に出たいと申しておりましたと告げた。果して二十六日、日が暮れてから猿之助君の訪問を受けた。東横の疲れを休める間もなく、正月の日生劇場の稽古にかかっているらしい。自分の出し物の、『両面《ふたおもて》道成寺』の外に、『天網島』の小春、『勧進帳』の義経をつとめるのだと張り切っている。二月は名古屋の御園座で、歌右衛門の静《しずか》を向うへまわして『吉野山』の忠信を踊ることにきまったという。芸域の広い点では、沢瀉屋四代のうち第一であろう。立役、敵役、女形、若衆、道化、行くとして可ならざるなしの概がある。このまま大成すれば、六代目菊五郎のようにいわゆる「兼ねる」役者が出来上るかもしれない。三代目猿之助君は、もう父祖の七光《ななひか》りに照らされずとも、ひとりで立派に舞台照明だけで演技することのできる俳優に成長していると思う。地下の久保田氏よ、ご安心あれと申したい。

私は入院中、林彦三郎氏の訪問を受けた。ご承知の通り、林氏は私の厄介になっていた第三特別病棟建設の恩人である。林氏は一応見舞の挨拶をすませた後、「久保田君の遺産分配その他が大体片附きました」と書類を枕頭台の上に開いて報告してくれた。これには遺族一同が署名捺印している。「まだ相続人の決定がおくれていますが、それもやがて片附くと思います」。遺族関係がなかなか入り組んで複雑だとほのかに聞いていたが、林氏のお骨折りで、どうやら円満解決の緒についたらしい。まずまず目出たいと申さなければならない。

私の枕もとには、今、本月（十二月一日）出版された久保田氏の句集『流寓抄以後』が置かれている。その最後に近いところに「牡丹はや散りてあとかたなかりけり」という句がある。七月二十六日に東宝劇場で行われた盛大豪華を極めた氏の追悼会のことなどを顧みると、牡丹は散っても大きな花びらをあとに残したいという感が深い。私はまた、この句集に寄せた小泉信三氏の序文で、久保田氏の旧作に「ひそかにしるす」と題した「わが胸にすむ人ひとり冬の梅」という句のあることを知った。先日林彦三郎氏から報告された久保田氏の遺産分配にあずかる人のなかに、この「胸にすむ人」もしくはその因縁《ゆかり》の人はありやなしや。

十月二十六日午前七時に慶應病院でなくなられた小島栄次氏の追悼会が氏の義兄、アラビア石油取締役社長山下太郎氏の名で催されたのは十二月四日のことだった。私も無論出席させてもらうつもりだったが、怪我のため不本意ながら失礼してしまった。

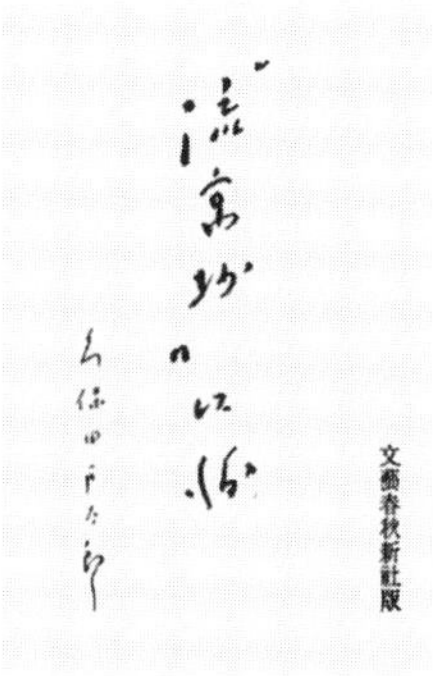

久保田万太郎『流寓抄以後』（文藝春秋新社）昭和38年の扉

未亡人が美しい花を持って病院へ見舞に見えたのは十八日のことだった。「追悼会には板倉先生も小泉先生も先生（私）もご出席がなかったのが残念でした」と未亡人は寂しげにいわれる。残念は遺族方よりもむしろ私の方が大であろう。小島氏は私にとっては終生忘れることのできぬ友人の一人であるばかりでなく、君に対する思い出は好感と感謝以外に何物も伴うことがない。

次回には小島氏のことをすこし書かしてもらうことにする。*5

（『三田評論』昭和三十九年三月号）

*1　十二月、国立博物館の廊下で、敷物に足をひっかけて転び、右脚の膝の蓋を割る。慶應病院に入院。

*2　板倉卓造　明治十二（一八七九）年〜昭和三十八（一九六三）年。政治学者。慶應義塾大学部政治科卒業後、普通部教員を経て時事新報社入社。慶應義塾大学法学部教授も務め、法学部長となる。戦後は貴族院議員、時事新報社社長として吉田茂総理を支えた。

*3　明治三十一年二月〜四十一年十一月にかけて刊行されていた学生雑誌で、現在の『三田評論』とは異なる。「三田評論」（『三田評論』昭和四十三年六月、『新編 随筆慶應義塾』所収）も参照。

*4　「久保田万太郎君追憶」『三田評論』昭和四十二年三月、「久保田氏と小島氏」『三田評論』昭和四十年八月（『劇場往来』青蛙房、平成二十年所収）を参照。

*5　「小島栄次氏」『三田評論』昭和三十九年四月号

物忘れ

友人たちは、私のことを「物覚えがいい」という。死んだ板倉卓造君などは、何かの会で私の帰った後、「高橋の奴は、おれのことをおれ以上によく覚えている」といったそうだ。しかし、これは、決して同君が私の記憶のいいのをほめてくれたのではなく、記憶されては困るようなことを私が覚えていて、折に触れて言い出すのに閉口して、漏らした言葉であろう。板倉君と同じ年に卒業した元日糖重役、前慶應通信社長金沢冬三郎君は、よく「高橋はいいことは覚えていないで、悪いことばかり覚えている」とぼやいていた。

けれども、私自身は、善いこと、悪いことの差別なく、いつも物忘ればかりしているまことになさけない人間だと思っている。私の健忘は若いころからである。病衰老耄のためばかりではない。

「近いうちに『三田学会雑誌』の小泉信三先生追悼号が出版されますので、十七日（昭和四十二年十二月）に遺族を迎えて贈呈式を挙げることになりました。ぜひ、出席して小泉先生の思い出を語って頂きたい」と経済学部長伊東岱吉氏から、第三研究室で、丁重な依頼を受けた。小泉君の追悼談は、これまで日本学士院、交詢社、その他二、三の慶應義塾関係の会合でやり、テレビやラジオでも喋ったし、印刷物になったものも十幾つかある。もうご免蒙りたいとお断りしたが、伊東氏なかなか承知してくれない。小泉さんは、死んで、のんびり休養しているだろうが、生き残った私は急に忙しくなって困る。偉い友達を持つことも考えものだ、などと呟きながら、とうとう引き受けてしまった。

ところが、どうしたことか、私はこの追悼会のことをケロリと忘れてしまった。例の遺忘症が出たのだ。手帳にもつけなかった。私はよく手帳につけ落しをしたり、つけ誤りをしたりする。

十七日の土曜日は国立劇場からジャンジャン催促されている正月主催公演の番組に組み入れる年頭辞[*1]を午後二時頃までに書きあげて、それをとどけるついでに、十二月狂言の『菅原』の後半を見て帰ろうと予定していた。

ところが、例の遅筆で、極めて短いその草稿が頗る難産で、なかなか出来上らない。こんど上演される『雷神《なるかみ》不動北山櫻』の台本は奈良県の天理図書館所蔵本を使用したということであるが、その以前の『門松四天王』の台本はどこへ行けば見られるのか。そんなことを考えていると、筆は一向に進まない。

そのうちに迎えの車がきてしまった。車のなかでは、動揺が激しいので、とうてい書けない。一時間位おくらしても、自分の部屋で書いてしまわなければならない。暫く待ってくれるように女中に言わせる。

女中は運転手の小久保さんがこれをとどけてくれましたといって、慶應病院の点眼薬を二本差し出した。これも忘れていたのだが、迎えにくるついでに病院に立ち寄ってもらってきてくれと頼んでおいた品である。

それはいいとして、女中は大変なことを取り次いだ。

「小久保さんは、今、薬をとりに病院によりますと、大きな掲示が出ているのに気が附いたそうです。今日午後三時から、三田の講堂で小泉先生の追悼会があり、こちらの先生が講演をおやりになることになっていると書いてありました。それでも、やはり、国立劇場の方へお出掛けになりますかといってました」。

さア大変だ。『三田学会雑誌』特別号贈呈式は今日なのか。大急ぎで、国立劇場の原稿を書き上げて、車の中で添削し、劇場に電話して、使いをよこしてもらわなければならない。

車を三田に急がせる。会場にはいると、もう定刻を四、五分過ぎて、牧師さんが聖書の章句を朗読している。讃美歌が始まる。永沢塾長が小泉氏の学問研究に対する熱烈な態度を荘重な口調で礼讃する。伊東経済学部長が小泉博士の労働価値学説批評に対する意見を厳粛な態度で講演する。『三田学会雑誌』を小泉未亡人に贈呈する。重病の全快した嗣子小泉準蔵氏が謝辞を述べる。やがて、司会者は私の名を呼ぶ。

何の準備もない。もう儀式は終ってしまっている。私の講話は、いかめしく貼り出されていても、要するに、余興のようなものであろう。『三田学会雑誌』は、今、入口でもらったばかりで、まだ読んでいないが、これには、私は、かなり長い追想を寄せている。[*2] 同じことを繰り返すのも嫌だ。小泉さんについて思い出すままをそこはかと無く語る。降壇してから未亡人や秋山夫人加代さんと二、三雑談を交わしただけで、晩餐会は失礼して引き上げた。

しかし、あぶないことだった。もし、小久保さんに点眼薬を依頼しなかったら、私はこの会のことを全く忘れて、安閑と国立劇場で「寺子屋」でも見ていたであろう。むろん、講演らしい講演などは出来ないまでも、私が顔を出さなければ、主催者は予定が狂って定めし迷惑したことであろう。ああ、よかったと、お粗末な講演をした悔も忘れて、胸を撫で下した。

帰りの車の中で、さきに三田評論誌上に書いたことのある今日出海氏が交詢社午餐会での講演の約束を忘れ、いつまで待っても現れないので、とうとう理事長が代理を勤めさせられたこと（昭和四十一年四月版『浮世絵随想』所載）や、久しい以前のことではあるが、某大学主催の数日にわたる講習会で、私が登壇しようとすると、ある有名な学者が講堂にツカツカとはいって来て、「まことに恐縮だが、自分に一言お詫びを言わせてくれ」と断って、喋り出したことなどを思い出す。この学者は前日出講の約束だったのをケロリと忘れてしまったのだそうだ。「何の顔容《かんばせ》ありて、聴講者諸君にまみえん！」と切口上で詫び言をいうのが気の毒でもあり、おかしくもあった。あぶないかな。私も、今少しで、これらの諸君の轍を蹈むところだった。

私は、久しいあいだ、あちらこちらから、歳暮に手帳を貰っても、一度もつけたことがなかった。何も、自分の記憶力を信じたわけではない。ただ不精者の私には面倒臭かったのだ。それでいて、幸い、出席すべき会合などは一度も忘れたことがなかった。

ところが、何年か前、塾員の松本七郎氏の祝宴に招待を受けていながら、つい失念して出席しそこなってしまった。ご承知のように松本七郎氏は松本健次郎氏の令息で、昭和十二年に政治科を卒業し、今では政治界に乗り出しておられるが、その当時は政治科の助手だった。その翌日、学校で板倉君にあうと、「きのうはどうした。私の隣りに君の席が最後まであいていたよ」と叱るようにいわれた。しまった。申し訳のないことをした。この失策以来、私はやっと手帳をつけることにした。板倉さんは、その時、「高橋という奴は、人のことは何でも覚えているが、自分のことはみんな忘れてしまう男だ」と思ったかも知れない。

私は、大学予科の頃、川合貞一教授から心理学の講義を聴いた。教科書には、米国エール大学の哲学及び心理学教授ジョージ・トラムブル・ラッドの『心理学入門』が使用された（この人は三度来日し、伊藤博文の顧問として朝鮮に赴いたこともある。鶴見の総持寺に記念の碑が建てられている。なまけ者の私は、その後心理学書などは読んだことがない）。今、この本が、生憎手許にないので、はっきりとは言えないが、この学者は、記憶力というのは、一つの力ではなくて、三つの力の結びついたものだと説いていたように覚えている。一は経験を把握する力、二はこれを保持する力、三は再現する力である。鷙鳥《しちょう》のように対象に襲いかかり、守銭奴のようにその摑んだものを握りつづけ、手品師のように自由にこれを再生させ、手際よく取り出して人に示すのが記憶のいい人なのであろう。私は対象の摑みかたも弱いし、保持しているあいだに、だんだんとその形も変り、再生したものは初め摑んだものとは似ても似ぬものになっているかも知れぬ。私は人について語る場合には、いつもその人の真を語る力のないことを感じて、その人から受けた印象の真を描こうとするのであるが、それも時の経過とともにしだいに変化して行くのであろう。

それに近年は、また、老人性健忘症が著しく昂進したようだ。健忘症！　まことに困った病気に取りつかれたものだと思うが、しかし、忘れるということも不老長寿の一法かも知れない。過去の経験ばかりを甦らせて、エピメーテウス的後思案に耽ってばかりいるのも、決して寿命を延ばす所以ではあるまい。

この雑誌の出るのは正月の半ば頃であろうが、今、この拙文を書いているのは暮の二十八日（昭和四十一年）の夜である。あと三日で除夜の鐘が鳴り渡るであろう。戦争前の大晦日の夜は、たいてい、町はずれの高麗寺で撞き出す除夜の鐘を聴いてから寝につくことにしていたが、戦後は、多く床の中で各地で打ち鳴らす鐘の声をラジオで聴くことにしている。静かに瞑目して百八の鐘声に耳を澄ましていると、断続する鐘声の間に、この年の間に起きた自分のこと、ひとのことが次から次と思い出される。そうして、鐘の響きの絶えた時には、なんとも言えない淋しさが襲ってくる。未知の新しい年が深い沈黙の闇の中に横たわっている。無気味この上もない。しかし、「山彦のうしろ姿や除夜の闇」という句がある。やがて、追憶だけが谺《こだま》のように残って、旧年は大晦日の闇に消えて行く。

いつのまにか、深い眠りに落ちて、家人が雨戸を開けてくれた部屋の中で目を覚ますと除夜の不安は、もう、どこかに去っている。山荘にただひとり、屠蘇を祝い、雑煮の箸をとると、無念無想の境地にはいる。古の中国人のいわゆる「歳首百事忘」というのはこれだなといつも思う。

しかし、あまり正月気分に浸り過ぎて、一切万事を忘却してしまっては、人様に迷惑をかけることになる。昭和四十二年は、忘れていいことと、わるいことを区別して、忘れていいことだけを忘れるように心がけたい。

まず、新年早々、忘れてならないのは、一月六日の交詢社新年宴会と同十日の第百三十二回福澤先生誕生記念会である。交詢社の方は久しい以前から名刺交換会が兼ねられているが、慶應義塾の方は、例年一月一日に催されてきた名刺交換会を福澤先生記念日と結びつけることにしたという通知を受けた。

交詢社の方では、四十二年以後に特待社員(年齢七十歳に達し、入社以来三十年を超えたもの、もしくは年齢七十五歳に達し、入社以来二十五年を超えたもの)の待遇を受ける諸君、在社五十年以上の諸君、それに年齢九十歳以上の諸君などの名前を読み上げたうえ、簡単な年頭の辞を述べなければならない。私は特待社員には、もう十余年前になっているが、在社五十年以上の社員中に名を連ねるのは来年（四十二年）が初めてである。いささか得意で自分の名を読み上げることになるだろう。

慶應義塾で元旦に名刺交換会を開くことになったのは明治三十八年以来のことだという。それより四年前、すなわち明治三十四年一月発行の『三田評論』の前身『慶應義塾学報』の巻頭に、福澤先生の信頼の最も厚かった日原昌造氏が、近年、各地に行われる名刺交換会を奇怪な趣向であると書いているのであるから、四十二年から、永沢邦男塾長のご意見に従い、一月十日の福澤先生誕生記念日にこれを併せ行うことにも、あえて反対ではない。私はこの福澤先生記念会兼新年名刺交換会に講演をやれという命令を受けた。もとより碌な話もできないが、ただその日だけは忘れないようにして大磯から出かける覚悟をきめている。

（『三田評論』昭和四十二年二月号）

＊1　「国立劇場　昭和四十二年一月」（『劇場往来』所収）
＊2　「小泉信三君追想」『三田学会雑誌』第五十九巻第十一号、昭和四十一年（『新編　随筆慶應義塾』所収）

錦絵の大磯

一

本夕、高田保氏*その他の諸君のご尽力によって成立いたしました、当大磯町学徒報国隊主催講演会の発会に際して、講演のご依頼を受けましたことを甚だ光栄に存じます。最初承諾の旨をご返辞申し上げました際には、何か時局的なお話を致さなければならぬことと覚悟をきめておったのでありますが、その後両三度幹事の方々のご来訪を受けまして種々ご協議を遂げました結果、ついにここに掲げましたような、至極非常時離れのした、のんびりとした演題を選ぶことになりました。何卒、時局認識を欠いている、などとお叱りなく、ここに持参致しました幾枚かの版画をご覧いただきまして、仮令《たと》い、卑俗であり低調でありましても、とにかく諸外国に比類のない日本特有の民衆芸術、浮世絵の世界に現れております、私どもの現住地大磯のありし昔の姿をお偲び下さいまして、ゆっくりとお聴きを願いたいと思います。ただ私の不弁では、この蒸し暑い夏の宵に一味の涼風をお送りするなどという訳には到底参りかねますることを、深く遺憾に存じます。なお、いま一つ私が甚だ残念に思いまするこことは、浮世絵風景版画の中には、西洋人までも愛好措く能《あた》わざる名品が極めて多く残っておりまするにもかかわらず、どうしたものか、我が大磯を主題としたものには、不幸にして佳作が極めて少ないことであります。しかし、よし、傑作はなくとも、逸品は尠くとも、伝統久しい我が浮世絵師たちによって描き出されました我れ等の古駅の俤《おもかげ》は、やはり私共にとりましては極めて懐しいものたるを失いません。

大磯附近の名勝は、かの『万葉集』巻十四、東歌、相模国歌「相模治乃余呂伎能波麻乃麻奈胡奈須」云々以来しばしば歌枕となっておったのでありますが、画題となるようになりましたのは何時の頃からでありましょうか、私はただいまのところ申し上ぐべき資料を持ち合せておりません。しかし東海道が、皇居の所在地から東国への交通の要路として夙《つと》に開けておりましたに徴して、この地は早くからここを通る画心ある人々の注意を引いていたことと想像せられます。

まことに、東海道の風景を画きました絵巻物や絵草紙は、古くからかなり多く出来ておったでありましょうし、また浮世絵でこの海道の風物を描きましたものは、斯流《しりゅう》の元祖菱川師宣以来、決して少なくはなかったでありましょうが、純然たる一枚刷の錦絵として各駅次ぎ次ぎの趣きを筆にし、その中の一図として「大磯」を描きました最初の人は、おそらく葛飾北斎であろうと存じます。しかしながら、優れた五十三次の続画を世に出すこと最も多く、「東海道の画家」と呼ばれるに至りましたものは、一立斎廣重であります。主として美人画や役者絵の方面に著しい発達振りを見せて参りました浮世絵が、その末期において頽廃堕落の一路を辿っておりまする間に、おくればせに長足の進歩を遂げましたものが風景版画であります。而して、かくの如き浮世絵における風景画の発達に寄与するところの極めて大であったものは、実にこの北斎と廣重二人であります。

しかしながら、風景版画の進歩にはこうした天才的画家の個人的努力の外に、また、種々なる社会的影響が与って力のあったことを認めなければなりません。その一つとして数えらるべきものは、徳川幕府の下における国内交通の著大なる発達であります。ことに我が大磯がしばしば版画家の筆に上るようになりましたことは、街道の交通が整備せられ、往来が頻繁に行われるようになりました結果であると思われます。

上古においても、その当時の首都を中心として、しばしば道路が修築せられました。『皇年代略記』や『皇代記』などには、孝元天皇の五十七年の十一月に東海道を開くと記されています。しかしこの所謂「東海道」なるものは、如何なる道筋を通って、何処まで達しておったものか、全く不明とされています。国内の統一を完うし、中央政府の命に従わぬものを征服し、地方を開発して行く必要から、帝都と地方との交流が要求せられ、『古事記』には吉備津彦命が西海に派遣されたことが見えており、また、崇神天皇の十年九月にはご承知の四道将軍が置かれ、その翌月各道にそれぞれ分遣せられて、地方管理の任に当らしめられ、東海へは武渟川別命が派遣されました。私共はまた、景行天皇の四十年に行われた日本武尊の東夷征伐の道筋によって、大体東国への道順を知ることが出来ます。しかしながら、「東海道」の名称が明らかになっておりまするのは、天武天皇の御宇《ぎょう》に、東海その他の六道に諸臣を分遣して、巡察せしめられてからの事であります。実に族制政治を倒壊せしめた大化の改新による集権的政府の建設、郡県政治の実施は、中央と地方との緊密なる連結、交通の発達を先行条件とするものでありました。

まことに、上古からして既に、東海道の交通はある程度まで開けておったことが認められるのでありまするが、しかも、当時にあっては、帝都と東国との交通は、少なくとも西海に比して重要性の少ないものであったばかりでなく、全体において未だ経済的目的を欠き、もっぱら貢物輸送の便宜や、官人官使往来の目的から行われました交通設備は、一般人民にとっては多く利用することの出来ぬものでありました。やがてまた、荘園の増大発達、官制の弛廃、政治的経済単位の分立は、勢い交通の発達を阻害しなければなりませんでした。そうして、荘園制度は分権的な封建の制度へと移って参りました。かくて東海道も次第に荒れ果てたことと存じます。寛仁四年にこの辺を通りました、『更級日記』の著者菅原孝標の女の目に映じたものは、唐土《もろこし》が原に咲き残る秋の大和撫子の哀れな風情でした。

　中世に入りまして、源頼朝が鎌倉に幕府を開き、同地と京都との交通連絡が重要となりまして、新たに駅制が布《し》かれ、東海道の駅路はやや整備せられることとなりました。『源平盛衰記』には、治承四年八月二十五日、和田小太郎義盛が三百余騎で、軍《いくさ》は日《ひ》定《さだめ》あり、さのみ延引心許なし、打てや打てやと……大磯、小磯打ち過ぎて、二日路を一日に酒匂の宿に着いた、と記されており、また、『平家物語』には、寿永三年三月十日に京都を立った平重衡が、足柄の山を越え、こゆるぎの森、鞠子河、小磯、大磯の浦……をも打ち過ぎて、急がぬ旅と思いながら、日数ようよう重って、鎌倉に入ったことが記されています。また、『東鑑』には、文治四年六月十一日、陸奥守押領使藤原泰衡の「京進貢馬、貢金、桑絲等、昨日着㆓大磯驛㆒」などとありますが、やがて、鎌倉政府の基礎が確立するとともに、この地は単に東海道の一駅としてのみでなく、遊宴の地としてすら、知られるようになりました。『曽我物語』や、幸若舞曲で有名な和田の酒盛や、草摺引のような物語が長く後世に伝わりました。徳川時代の才媛井上通女も、「大磯歌舞地、昔日各争レ妍」と吟じています。正史では、源頼家が、建仁元年六月一日に、この地で遊君等を召して歌曲を尽させたことが『東鑑』に記されています。しかし、鴨長明の作とか、河内守源光行の著とかいわれています『海道記』を見まするると、大磯小磯の浦風は旅人にとりまして、哀れにも寂しいものであったらしいのです。『東關紀行』を書きました光行の子源親行は、俄雨《にわかあめ》に降られ、急ぐ心にのみ駆られて、大磯、江の島、唐土が原なども見物する暇なくて打ち過ぎました。訴訟のために、建治三年、京都から鎌倉に下りました、『十六夜日記』の著者阿仏尼は、明けはなれようとしている海上に、細々と姿を現した月の影や、渚によせる波の上に朝霧が立ちこめて、釣舟の行方《ゆくえ》を消すさまなどを夢心地に眺めながら、この辺を過ぎたのであります。

　武家中央政府の確立とともに整備せられました国内交通の制度も、政権の動揺と共に弛廃しました。足利時代におきましては、街道その他の交通は、封建的諸侯の割拠自立によりまして、仮令《たと》い、その領域内においては改良されたといたしましても、全国的には抑制せられました。

大磯辺も荒れ果てたと見えまして、寛正五年の春に、太田道灌は京師に朝しまする際に、「草枕おきゆく露も大磯の」と詠んでいますし、また、文明十八年に、聖護院道興准后は「今は又、虎ふす野辺とあれにけり」と戯れておられます。往年燕楽のこの里も佗しくさびれて、小淘綾《こゆるぎ》の磯には武将の足を止めさせる何物もなかったと見えまして、小田原の城主北条氏康は「いそいで行かん夕暮の道」と口遊《くちずさ》んでいます。彼はまた、長者林附近の商家を移して海道を修理したと伝えられています。

近世における集権的国家樹立に向っての努力奮闘の時代であった織田豊臣時代にあって、道路は修繕せられ、橋梁は改築せられて、我が国の交通はその面目を新たにしたのでありまするが、徳川時代に入りまして諸国間の交通は著しく進歩し、陸上交通の要路としての諸街道は修理整備せられ、殊に東海道はいわゆる五街道中の最も重要なるものとして、まことに目覚ましい発達を見るに至りました。山鹿素行は「令の大路は山陽道をあつ、今は東海道を以って日本の大路とす可し。東山山陽次レ之也」と説き、『民間省要《せいよう》』の著者は「倭国いつしか五畿七道に分れて、諸国に駅路多しと雖も、東海道を以って第一とす」と記しています。寛永十三年に朝鮮国の使節が来朝しました際、浅野又一郎長綱は幕府の命を受けて、大磯で三使を饗応したということでありますから、その頃にはもう、大磯も相当繁華な宿駅となっておったことと想像されます。私共は固《もと》より、信長以来急速に発達した統一的交通制度が、徳川時代におきまして、なお残存せる種々なる封建的障害や軍事的政治的目的から課せられた末梢的な取締や監督のために、その健全なる発達を阻害せられ、折角発育すべき気運に向っておりましたものも空しく萎靡《いび》し、もしくは畸形《きけい》的に成長するものの多かった事実を認めない訳には参りません。しかしながら、とにかく、集権的政府の基礎が確立したことと、国内における経済生活が進歩し、殊《こと》に国内商業が発達を見たこととは、相関的に国内の交通をして著しく発達せしめ、諸街道をして殷盛《いんせい》ならしめなければやみませんでした。大名小名は参勤交代の制度によって、多大なる財政上の苦痛を感じながら、一定の時期を限って、交互にその領地から出でて、江戸に在勤し、また江戸から領地に帰らなければなりませんでした。而して、諸大名の江戸に候するものの中、東海道によるものが、文政四年には、実に四十六頭であったということです。また、この街道を通る大名の数は一百五十九家に上っておったといわれています。この制度によりまして、どれだけ多数の人員が街道を往復し、またどれだけ多量の貨物が運搬されたことでありましょう。実にこれによる「國郡之費、且、人民之勞」、けだし測り知るべからざるものがあったのでありますが、しかもこの制度が我が国交通文化の発達に資するところの決して尠少《せんしょう》でなかったこともまた認められなければなりません。大小の諸侯はその内実の苦しさを押し隠して、それぞれその格式に従ってではあるが、必要以上に多数の従者に護衛せられ、種々なる伊達道具、金紋先箱、薙刀、長柄の槍、弓、鉄砲、御茶弁当、鎧櫃、吹流し、台傘、立傘に威容を整え、東西幾十百里の長途を往来したのであります。参勤交代の外には、将軍大名の上洛、二条城や大阪城の警護に赴く将士の往来、琉球朝鮮などの使節の来聘、和蘭人支那人の参礼などから、果ては宇治茶を江戸に送る、往きは東海道帰りは中山道のいわゆる茶壺道中や、日光神酒道中などが行われました。素行の所説を門人が筆記した『山鹿語類』には、「古は國司の往来、官物貢献のもの相往来す。今は朝覲の諸侯大名往來已む事なく、勅使傳奏年々絶ゆる間なく、外國之禮聘使驛を重ねて來朝し、番戍交替、上使行人日々に繁し」と記されています。また、徳川幕府の鎖国令によりまして、大体において外国との交通は杜絶いたし、一切のものは国内的となりましたが、しかも国内における商品交換、貨幣交易の発達、都市と地方との間における分業の進歩、都市の膨脹、町人階級の興起は、官公用の外に、商用その他の目的を以ってする私的旅客及び運搬貨物を著しく増加しなければやみませんでした。而して、世の中が太平に赴き、庶民の生活に余裕を生じ、また、交通が便利となり自由となるにつれまして、田中邱隅の語を借りて申しますれば、「君命に随つて旅行」する侍や、「それぞれ家職の爲」めに往来する農工商の外に、一般に旅行に対する趣味が自から湧いて来まして、「慰み遊山の爲」めに草鞋を履く「餘情の人」が増加したことが認められます。十返舎一九流に申せば、国々の名山勝地を巡見して、「月代にぬる聖代の御徳を薬鑵頭の茶のみ話に貯んと」するの情が、次第に動いて参ったのであります。窮屈な封建制度の檻の中に閉じ込められておったものは、仮令い暫くの間でも、重苦しい因襲的な空気の外に飛び出して、ぎこちない伝統的生活の拘束から解放せられ、気随気儘に「旅の恥はかき捨て」をやってみたかったのです。上方見物に出る江戸っ子、江戸見物に下る上方者、それから伊勢参宮を志す者などが次第に増加を見まして、宿駅都市を発達させ、「三島女郎衆」や「岡崎の女郎衆」のような宿場女郎乃至《ないし》宿屋の飯盛女のような売女の数が漸次ふえて参りました。幕末になりますと、東海道五十三駅の中で遊女を呼ぶことの出来たものが三十四宿あったということです。我が大磯にも、今に茶屋町の名が残っています。私が子供の時分当地に参りました頃には、本町に移転はしておりましたが、まだ町の中に女郎屋があったのですが、やがて「移転地」に移転することとなったのです。また、封建的社会が崩壊過程を辿るにつれ、俸禄を失い扶持に離れた武士の一部や、生活力を失い郷土を離れて漂浪する窮民の一部は、山伏、虚無僧、六十六部、金比羅詣、巡礼、道者、願人となり、神道仏法を道具として正法の妨げをなし、果ては道中護摩の灰、乞食、物貰いとなって街道筋を徘徊したのであります。廣重の東海道版画には、こうした人たちの姿が多く描き出されています。

二

種々なる目的を以ってする旅行の増加、交通の発達はまた、徳川時代における道中文学を豊富ならしめました。而して、これ等道中文学はまた、浮世絵と密接なる関係を有しておりました。その嚆矢《こうし》と称するべきものは、芭蕉の句

木枯の身は竹斎に似たるかな

で有名な藪医者竹斎が、にらみの介を伴って京から江戸へ下る道すがらの失敗談などを記しました、烏丸光廣の作といわれている『竹斎物語』でありまして、山東京傳はこれを寛永十一、二、三年の頃に作られたものと考証しています。この書は寛文の頃に、『竹斎狂歌ばなし』として江戸で覆刻せられ、次いで天和三年三月に、大伝馬町三丁目の鱗形屋から『竹斎下り』と題して出版せられておりますが、その天和版の挿画を描いておりますものが、浮世絵の祖菱川師宣でありました。この著はその後、その異本『ちくさい』だとか、貞享四年及び享保十二年の『新竹斎』別名『竹斎行脚袋』だとか、正徳三年の『竹斎狂歌物語』だとか、出版年月不明の『竹斎療治物語』だとか、宝暦六年の黒本『竹斎老匙加減』だとか、寛政六年の築地善交即

ち、萬象亭作北尾重政画の黄表紙『竹斎老寶山吹色』だとかいうものを呼び起すことになりましたが、遂には東海道離れのしたものになりました。貞門の俳人帆亭、斎藤徳元の作と称せられている『竹斎』には、

いのちのぶるくすりはなほもきく川の
　おいその人やわかくなるらん

という歌が詠まれています。菊川と大磯とでは少し離れ過ぎているようです。滑稽道中文学方面におきまして特に注意すべきものは、万治年間に現れました、浅井了意の著といわれている『東海道名所記』でありましょう。楽阿弥陀仏という行脚僧が、道伴れの大阪辺の商家の手代に名所古蹟の物語りをしながら、江戸から京へ上る道中記であります。「大磯のうらは海にて名物の小石あり。五色にて、うつくしければ、人愛して盆山にいれてもてあそぶ」などと記されています。その他、光廣卿の『曙記』、林羅山『丙辰紀行』、芭蕉の貞享元年の『野ざらし紀行』、井上通女の元禄二年の『帰家日記』、大田南畝の寛政元年の『改元紀行』、曲亭馬琴の享和二年の『羇旅《りょ》漫録』などの無数の紀行文、貝原益軒の著とも伝えられている宝永六年版の『東海道驛路の鈴』、秋島籬島の寛政九年版『東海道名所圖會』などが現れました。就中《なかんずく》『名所

圖會』の挿画の中には後世の浮世絵師、殊《こと》に廣重の東海道版画の種本となったものが、かなり存しておりました。大磯では石田友汀の「秋暮鴫立澤」や、竹原春泉斎の筆かと思われまする「鴫立澤鴫立庵」が挿入せられています。

しかし、何と申しましても、一番世に持て囃されましたものは、享和二年に初編を出した十返舎一九画作の『東海道中膝栗毛』、一名『浮世道中膝栗毛』であります。この滑稽本は、ただいま挙げました『竹斎』や『東海道名所記』の系統を承け継ぎまして、ご承知の弥次郎兵衛、喜多八という巫山戯《ふざけ》た二人の主人公が、高輪を振り出しに東海道を次ぎ次ぎに駄洒落に興じ合い、狂歌を詠み合いながら、気散じな旅を続けるといった趣向のものでありまして、風景の描写がほとんど全くないにもかかわらず、街道筋の情調や各駅の気分がかなりによく出ています。この書が未曾有の歓迎を受け、「古今板本の多く賣れたるは唐詩選と膝栗毛に及ぶものなし」と称せられ、一九自身、二十一年間にわたって次ぎから次ぎといわゆる「膝栗毛物」を公にしましたばかりでなく、他の作者によりまして幾多の類書が出版せられるに至りました。画も相当に画きました一九は、『膝栗毛』の挿画を自分で画いているばかりでなく、別に淡彩の小判竪絵『道中ひざくり毛』と題する続画を出しています。

『東海道名所記』や『膝栗毛』には、各駅間の里程や旅費などが明らかにせられておりまして、これを一種の案内記とも見ることが出来るのでありまするが、これらの仮名草紙や滑稽本乃至紀行文などの外に、狭い意味の「道中記」、即ち「旅行の袖に携へて益有るやうに」街道の宿駅、里程、駄賃、名所旧跡、月の出入、汐の差引などを記しました、粗密各種の案内記の小本が、大分古い頃から多数出版せられておりました。ただいまここに持参いたしましたものは、寛延四年に初版を出しました盧橘堂適志編『増補東海道巡覧記』でありまして、大磯では、切通地蔵堂、鴫立沢、化粧坂《けわいざか》などのことが書かれています。元禄三年に初版を出しました遠近道印作、菱川吉兵衛画の三分を一町に積った『東海道分間繪圖』も、無論一種の道中記と見ることが出来ましょう。大磯の寺々がかなり詳しく画かれています。地福寺の横に「虎石此寺に有」りと記入してあります。また、『東海木曾兩道中懐寶圖鑑』などと題しまして、「上の方に東海道を與し、下の方に木曾路を圖して何れの道を行くにも重寶とす」るものなども行われていました。いまこの種のものの一冊を取って、上段に大磯辺が画かれているあたりを開いて見ますると、下段は番場になっています。こうした道中記の口絵を、相当有名な浮世絵師が描いていることがしばしば見出されます。これ等の案内記に対する需要が如何に多かったかは、天明二年に南陀伽紫蘭、即ち浮世絵師としては窪俊満が北尾政演の画で出版しました黄表紙『思ひ付いたり替つたり、五郎兵衛商売』の中で、「漬物店を案じ付いて出しけれど、久しい物奈良漬や守口は賣らず、唯だ漬物には五文字附、紋づけ、大師の釋法附け、道中名所附け、そんなつけ物は本屋で賣る故、これもやっぱり不繁昌なり」と書いているによっても窺知することが出来ます。

なお、日本橋から品川を振り出しに、骰子《さい》の目の数を算えて五十三次の宿駅宿駅を最も早く京都に入ったものを勝とする翫具、道中双六と称するものも一般に行われておりました。これは南閻浮洲を振り出しに天堂を上《あが》りとする古い浄土双六に倣って、貞享の頃に作られたものだそうです。この道中双六の中にも、やはり一流の浮世絵師によって画かれた物が多く存していました。春信の中版錦絵『風流江戸八景』の中の一枚に、「しら雪のふりつむ道は」真乳山の暮雪を、開け放した障子の間から覗かせて、遊女と禿が暖閣の上で弄んでいるのを若衆が見入っている双六には、「東海道中双六」と記されています。

また、遡れば、非常に古い歴史を持つものではありますが、特に安永天明の頃に至って盛んとなりました狂歌の流行につれておびただしく上梓せられました狂歌本の中には、東海道を主題とするものが相当多く存しておりました。黄表紙作者としては朋誠堂喜三二、狂歌師としては手柄岡持の『東海道』は享和三年に、浮世絵師石川豊信の子、六樹園石川雅望の『絵入狂歌道中記』は文化十年に、臥龍園梅麿の『狂歌東關驛路の鈴』は文化十三年に、同じ人の『狂歌東海道名所圖會』は安政四年に、また、香芳庵美好の『東海道五十三次』は文久二年に現れました。前掲『道中記』の挿絵は北斎門下の蹄斎北馬が、『東關驛路の鈴』は同じく北斎門下の魚屋北渓が画いています。大阪でも、応挙門下の渡辺南岳と岸駒門下の河村文凰との合筆に成る『海道狂歌合』が文化八年に出ています。

三

こうした時代の風潮は、利を見るに敏なる出版業者をして、東海道五十三次に日本橋と京都とを前後に加えましたおよそ五十五枚の続画を浮世絵師に描かせ、大小、横竪、各種の錦絵に摺り上げて発売するに至らしめました。大磯の錦絵版画のほとんどすべては、この町が明治になって海水浴場として栄えますまでは、この種の続画の中の一図として上木されたものであります。

さきに一言いたしました『巡覽記』には、大磯の条下に「古は遊君も有りし地と聞き傳ふ」とか、「街の左山穴有り、虎がかまといふ」とか記されていますが、当時の人は、芝居などで得た知識から、大磯といえば、直ちに鎌倉時代の遊宴の地を想起し、またその代表的女性として虎御前を念頭に浮べたのであります。前に挙げました『東海道名所記』には、「虎が石とて丸き石あり。よき男のあぐればあがり、あしき男のもつには、あがらずといふ。色ごのみの石なりと、旅人はあざむきかたる」と述べられています。『膝栗毛』よりも大分以前、即ち寛政五年の春に出ました黄表紙で、浮世絵の最高峰といわれています鳥居清長の画いている山東京傳の作『冨士之白酒阿部川紙子新板替《かわりました》道《どう》中《ちゅう》助《すけ》六《ろく》』の序には、「助六一ツ印籠には、虎が石を以って根付とし」云々と洒落てあり、また本文では朝顔仙平が大肌抜ぎになって虎が石を持ち上げようとしているのを、かんぺら門兵衛がお定まりの湯上り姿で見ているさまが画かれ、「虎が石は婦人に縁近き者には輕く持て、縁遠い者には重く持てると聞く、朝顔仙平ためして見たくなり、持って見れば動きもせず」などと図解が施されています。また、『膝栗毛』初編が出ました翌年、即ち享和三年春に発兌せられた、同じく京傳作の『分解道胸中雙六』は、「人の心の道中記」でありまして、作者自ら「雙六煎餅が腹につかえ、雙六齒磨の袋を腹掛にしたやうな」絵組の黄表紙でありますが、大磯は「おほぎたう」と捩られ、修験者が祈禱をしている様が描かれ、その胸にはやはり虎が石を持ち上げようとしている諸肌脱ぎの男と、その側らに佇む旅装の男とが写されています。画家の名は署されていませんが、京傳、即ち画家として北尾政演の師、北尾重政であります。現在、当地延台寺に安置されています「虎が石」は、曽我兄弟が返り討になろうとしました時に、十郎の身代りになった石だと教えられていますが、昔の戯作者や画家の脳裡に在った「虎が石」もやはりこれでしたろうか。

図1　葛飾北斎『東海道五十三次』大磯（慶應義塾所蔵）

これまで述べて参りましたとおり、浮世絵と東海道との関係は早くから深いものがあったのでありまするが、しかも、一枚絵の続物として東海道を描きました最初の人は、さきに申しました如く北斎でしょう。北斎の『東海道』が出版せられましたのは、およそ享和から文化にかけての頃と推定せられています。この種のものでは小判横絵三組、正方形小判一組、中判竪絵一組などが知られています。小判横絵中の一組の中には、「柳川画」と落款のあるものの交っているものもあります。これらのものの中の大磯では、北斎はどれもこれもほとんど皆、虎が石を主題としています。坊主頭の子供が虎が石を抱えているのを、旅姿の女性二人が微笑《ほほえ》ましげに眺めている様を描いたものや、ここに持参いたしたもののように、「とら子石」と墨黒々と刻《ほ》り附けられた大きな塚石を、旅人が四、五人立ちどまって見上げている態を筆にしたものであります（図1）。彼れはまた、前記中判竪絵の序文の中に「大磯の虎が石おもいぞ〱といへば、草津の姥が餅うまいぞ〱と食ふ」などと述べています。北斎は大磯といえば虎が石以外のものをほとんど想い出すことが出来なかったように考えられます。漢画趣味の北斎は、羅山の漢詩「十郎慷慨愛㆓於虎㆒、血氣武人犀甲軀、妾婦當時誓㆑星否、隕成㆓此石㆒似㆓望夫㆒」を想起しておったのではありますまいか。歌麿はその晩年に『美人一代五十三次』を出していますが、その中の「大磯」にはやはり、虎が石の図があしらわれています。北斎はまた、別に『道中畫譜』と題する絵本を出していますが、要するに、彼れの東海道版画には、到底その『冨嶽三十六景』に見るような、妙趣談《かた》るに堪えるものはないようです。傑作『冨嶽三十六景』四十六枚の大揃の中には、残念ながら大磯は這入っておりません。当地に最も近接しておりますものは、ここと小田原の間の宿、梅沢の在を画きましたものでありましょうか。画題は「相州梅澤左」となっていますが、「左」は「在」かもしくは「庄」かの誤りと存ぜられます。北斎の弟子昇亭北寿は師の「東海道」を模して『狂歌東關路鈴』を出しています。なお「前北斎老人畫」『東海道名所一覽』と題し、道中の名所古跡等をことごとく挙げて一目に見させる、彩色の一枚摺なども伝わっています。

四

北斎派から転じて歌川派を見まするると、始祖一龍斎豊春の高足、一柳斎豊廣が四ツ切判の紫絵『東海道名所』を出しかけましたが、これは「日本橋」の外五、六図だけで中止してしまったらしいのです。おくれて一勇斎国芳には『東海道五拾三驛四宿名所』とか、『三宿名所』とかいうふうに、一枚に三宿乃至六宿を画きました十二枚の組物があります。一寸味の有る版画でありまして、大磯は北斎と同じ様に虎が石を描いています。松の大木の下に横たわっている稍《や》やいかがわしい形をした大石を、大山詣りらしい揃の浴衣の四人と虚無僧一人とが膝をこごめて眺めている図柄であります。鴫立沢はただその名を記されているに過ぎません。国芳は別に『東海道五拾三次人物志』と題する大判横絵を画いていますが、これは八枚だけ、即ち日本橋から平塚までしか出版されていないようです。

「東海道の画家」と謳われ、自らもその狂歌名を「東海堂歌重」と称し、数多くの組物の東海道版画を描き、したがってまた、我が大磯を対象とする錦絵を最も多く後世に残している大浮世絵師は初代歌川廣重であります。而して、彼れの大磯版画の中で最も早期のものであり、また最も優れておりますものは、彼れの出世作保永堂版の『東海道五十三驛續画』中の一枚であります。これは有名なだけに沢山の複製や写真版が出来ておりますので、皆様夙《つと》にご承知のことと存じますが、とにかく大磯版画の最優作として是非とも挙げなければならぬものでありますから、ここに原画を持参することといたしました（口絵参照）。『保永堂版東海道』大判横絵五十五枚の中から傑作三枚を抜けと言われますと、誰れも「庄野」「蒲原」「亀山」の三図を挙げることと存じます。さらにこれに次ぐもの五枚を選べということになりますと意見はだいぶ分れましょうが、まず「三島」「沼津」「見附」「土山」、それにこの「大磯」あたりが入ることになるのではないかと思われます。これには「虎ヶ雨」という判が押されていますが、虎が石は描かれていません。虎が雨は申す迄もなく、曽我十郎祐成が建久四年五月二十八日、父の讐《かたき》を討って後、仁田四郎忠常と戦って斃れましたのを、大磯の虎が悲しんで流す涙の雨だと言われています。即ち旧暦五月二十八日に降る雨でありますから、この図を秋の景色と見る人もありますが、秋は秋でも麦の秋、即ち陰暦五月、梅雨時の宿場外れの海辺を描いたものと見るべきでしょう。霖雨は寂しく松並木疎《まば》らな街道に降りそそいでおり、荷馬は蕭々《しょうしょう》と嘶《いなな》き、馬子も旅人もうつむきがちですが、しかし海光はすでに刈り入れを終った麦隴《ばくろう》を浄めて、感じ

図2　歌川廣重『行書東海道』大礒（慶應義塾所蔵）

はさほど暗くはありません。廣重は雨景を描くに妙を得た画家であります。この揃物の中には雨の画が三枚ありますが、本図も「庄野」の白雨、「土山」の春雨とともに佳品たるを失わざるものであります。

五十三次全部が出揃っております廣重の東海道続画の中で、保永堂版に次いで現れましたもので、また人によりましては後に述べまする『隷書東海道』以上に優れたものと称讃せられていますものは、いわゆる『行書東海道』であります。廣重研究の権威者内田実氏の申しておられまする如く、この画集は「筆がらくに働いてゐ」まして、何の「工夫も推敲もなしに一氣に描き上げられた」観があります。他の組物などを見た後でこの画集を取り出しますと、「山海の珍味に飽満した後に、香の物で茶漬と云つたやうな、さつぱりした滋味を味ふことが出来る」と内田氏は説いておら

図3　歌川廣重『狂歌入東海道』大磯（慶應義塾所蔵）

れます。私もまことに同感でありますが、しかし「大磯」の一図はその中に在ってあまり優れたものではありません（図2）。大名行列の一部、それぞれ毛槍、弓、鉄砲などを肩にした五人が、海道を、あるいは煙草を燻らし、あるいは後を振り向いて何やら同僚に話し掛け、あるいは如何にも疲れ果てたようにとぼとぼと後からついて行くだらけた様を画いたものです。封建末期の様相が現れているだけが面白いと思います。ここには同じものを二枚持参いたしましたが、これは左文字で「上」の一字が白く抜かれている初摺と、丸に浜の字、即ち絵名主浜彌兵衛の検印が押されている後摺との差をお目に懸けるがためであります。版画鑑賞の際には初摺もしくは、これに近いものと後摺の相違が常に云々されるのであります。

次ぎは、略々同じ時代に出版されました中判横絵の『東海道五拾三次』でありまして、毎図いずれも狂歌が記入されておりますところから、一般に『狂歌入東海道』と呼び慣されているものであります（図3）。相模灘には波もなく、伊豆相模の連山を背に、遠く白帆、近く漁舟がいずれも三艘ずつの三編隊を成して浮んでいます。街路の松の尽きるあたりから、客引きの婦人の立っている店が何軒か列んでいます。おそらく写生に成ったものでありましょうが、ただいまの大磯で申せば、どの辺に相当いたしましょうか、皆様のご判断を煩しとう存じます。

上部には富有亭満成の狂歌「うかれ女の眞心よりぞうそぶけるとらといふ名はいしに殘れり」が一首掲げられています。写生に立脚した廣重の版画に至りまして、虎が石一点張りの粉本的な大磯図から免れることが出来たと思っておりましたが、狂歌の方はやはりこの石に執着していますす。狂歌師が大磯と言えばすぐに虎が石を想い出したことは、例の『膝栗毛』の影響であったかも知れません。『膝栗毛』は一方においては「平塚より大磯へ二十七丁」などと記入して道中記的なところがあると同時に、他方においては狂歌流行の時代に迎合して篇中到るところに余りうまくもない狂歌を詠み込んでおりますが、主人公両人が大磯へ這入りますと、まず喜多八が虎が石を見まして、「この里の虎は藪にも剛の者、おもしの石となりし貞節」とやりますと、彌次郎兵衛もだまってはいず、「去りながら石になるとは無分別、ひとつ蓮のうへにやのられぬ」と酬います。ただいまの満成の狂歌も、この喜多八のそれから思いついたのではありますまいか。

廣重作品の第四としてお目に懸けますものは、普通、山庄版『八ツ切東海道』と呼ばれているものの中の一枚であります。これはただいまご覧に入れました『狂歌入り』と同じ場所を稍《や》や東寄りの方から描いただけのものです。これはこのとおりの小品ではありますが、版画としていささか面白い感じのものであります。しかし、次ぎの上金版の『東海道五十三次名所續畫』になりますと、さらに判が小さくなり、普通豆判と称せられ、前のものよりも一層子供の玩具らしくなっています。水平線上には青い空に白と黄色の雲とが棚曳いています。人家は一軒もなくて、喬松が三本聳《そび》えているだけの広々とした街道を、駕籠が一挺と旅人が何人か通っているだけのものです。これよりも幾分おくれて出たものに、有田屋版『四ツ切横繪東海道』があります。これがその中の「大磯」ですが、前の『狂歌入』や『八ツ切』と大体同じ地点から写されたものです。こうした大磯海岸の図を見ていますと、八田知紀の『白雲日記』に載っている「大磯も小磯もおなじなみ松のたちつゞきたる所なりけり」という歌が漫《そぞ》ろに口遊《くちずさ》まれます。

図４　歌川廣重『隷書東海道』大磯（慶應義塾所蔵）

今度ご覧に入れますものが、さきに一言いたしました『保永堂版』に次いで評判の好い丸清版でありまして、一般に『隷書東海道』と言われているものであります。この組物中の傑作優品は何であるかということになりますと、『保永堂版』におけるように定説あることを聞きません。内田氏は『府中』を随一に挙げておられますが、この意見には賛成しない人が甚だ多いことと思います。一般には「浜松」「鞠子」「藤枝」「庄野」などが愛好されているようです。しかし、いずれにしても、「大磯」は傑作の中に数えられる資格のあるものではありません（図４）。荷物を振り分けにした宗匠らしい服装の男が縁先きに腰を下して、前に立って海を眺めている年増と妙齢の二人の婦人に浦の名所について物語っているといった図柄です。至極平凡なもので、かれこれ言うほどのものではありませ

図５　歌川廣重『人物東海道』大磯
（慶應義塾所蔵）

ん。同じ頃に上梓せられた蔦吉版『東海道五十三次つづき繪』と題する中判横絵があります。前に一言しました『狂歌入』と同じ型のものでありますが、絵具の関係でしょうか、前のものと較べますとどぎつい感じのするものであります。しかし、初刷には流石に棄て難い味があります。その内の一図「大磯」は小淘綾の磯から小磯を眺めたものでありまして、「く」の字なりに折り曲った海道を嵩張った荷物を先に旅駕籠の旅客が一人続きます。田圃には農夫の姿がちらほらと見えています。まずは無難の図でありましょうか。少壮の頃に江戸に遊んだ洞斎豊島毅はその『東遊日録』の中で「群松挾道、循レ海而行。水波帖然如二玻璃鏡一、昭二映樹間一。頗可レ賞。松林尽処見二粉壁映レ日、家屋櫛比一、為二大磯驛一」と記していますが、廣重の「大磯」にはこうした風景が絵画化せられています。

村市版の中判竪絵『五十三次』、即ち俗に『人物東海道』と称せられているものの「大磯」（図5）は、女客の乗った駕籠を一挺大きく画いたものですが、この方は人物本位のもので決して面白い図柄ではありません。

年次の上から申しまして、廣重の完成した東海道版画の最後のものは、蔦屋版大判竪絵『五十三次名所圖會』、即ちいわゆる『竪繪東海道』であります。この組物は廣重の版画中にあって甚だ低く評価されているものでありますが、しかし、私は出来はしばらく措《お》くとして、本画集中の大磯に至って初めて鴫立沢の全貌が明らかにせられたことを欣ぶものであります（図6）。もしこの図が真の写生に成ったものであるとしまするならば、廣重時代の鴫立沢はさきに述べました籬島の『東海道名所圖會』所載のものとも相違し、また、現在我れ我れの見慣れておりますそれとも同じくないように思われます。『名所圖

図6　歌川廣重『竪繪東海道』大磯
（慶應義塾所蔵）

會』の方がむしろ現在に近いと存じます。本図は安政二年に出版されたもので、近景に藁葺の小家二軒、中景に幾基かの句碑の立ち列ぶ砂丘から見おろした西行庵、遠景には白帆の点々と浮ぶ相模灘を隔てて横たわる豆相の山々が描かれています。季節は何時か、一寸見当がつきかねますが、とにかく荒涼たる夕暮の景色ではありません。弥生の頃に鴫立沢に立ち寄った飛鳥井亜相雅章卿は、「哀れさは秋ならねども知られけり、鴫立沢のむかしたづねて」と詠んでいますが、軽快洒脱な狂歌趣味に富んだ廣重は、それほど哀れ深くこの歌枕や古庵を取り扱ってはおりません。しかしまた、彼れは『膝栗毛』の主人公とともに、文覚上人作の西行像に向って「われ〳〵もあたまをわりて歌よまん、刀《なた》づくりなる御影拝《おが》みて」と洒落るほど低俗でもなかったようです。初代廣重は『東海道風景圖會』の前編にも「大磯」を画いています。この方には「西行庵は驛の西のはづれにあり、俳人三千風のたつる所也」などと記し、例の「鴫立つてなきものを何よぶこ鳥」の句が題されています。この巻中の画はすべて草筆でありまして、写真の図ではないと、画家自ら凡例の中で断っておりますが、一枚絵よりも却ってこの庵室のさまがよく写し出されていると思います。

これで完成せられている初代廣重の東海道版画中の「大磯」を、全部お目にかけることが出来たと存じます。未完成のものは、筆がまだ大磯まで達しないうちに中止になったものもありますが、林庄版の『五十三次之内』と題するもの、藤慶版の『東海道五十三次圖會』、村鐵版『東海道五十三次細見圖會』などの中には「大磯」が這入っています。また、三代豊國との合作に成るもので、上は廣重の筆に成る各駅の風景画、下はこれに関係のある豊國の人物画が配されている丸久版『雙筆五十三次』などがあります。三代豊國及び國芳との合作に成る『東海道五十三對』というものも出ていますが、廣重はこの組物の中では大磯を画いていません。別に千社札、双六絵、封筒の類も伝わっています。ここには張交絵を二種持参いたしました。一つは伊場仙版で、他は泉市版です。廣重の張交絵「東海道」は、まだこれらの外に山口版のものがあります。伊場仙版の大磯は、元禄時代の遊女風に虎御前を画いたもので、泉市版の方は、柳下、行燈の火影に佇む寛濶出立の十郎を描いたものです。これらのものは無論風景画ではありませんが、なかなか良い出来のものであると思います。

五

初代廣重が「東海道」の版画家としてその名声をかち得まして後は、彼れの一門ばかりでなく、当時の浮世絵師のほとんどすべてが皆彼れに倣うに至ったと申しても、決して過言ではないと存じます。当時美人画や役者絵の方面では並ぶもののなかった流行画家歌川國貞、即ち後の三代豊國が天保の末に出しました『東海道五十三次』——これは人物本位のものでありますが、その背後の風景画は廣重の出世作『保永堂版東海道』をほとんど丸どりにしたものであります。また、風景画においてはむしろ廣重の先輩であり、相当大きな影響を彼れに与えています渓斎英泉の『東海道五十三次』中の「大磯驛」上部の風景画の如きも、廣重模倣の跡の明かなものであります。かくの如きは、國貞や英泉が廣重を剽窃したというよりも、むしろ彼れに敬意を表したと解釈した方が適当であろうと思います。ここに英泉のものをご覧に入れます。下部の美人画の方は多くの浮世絵師が、これまでに、またこれ以後に、何度となく蒸し返しました題材の、大肌脱ぎ、襟洗いのなまめかしい姿態を描いたものであります。三日月連月昇斎の「濡色に曙寒し若葉山」の句が題されていますが、上段の大磯の風景とは別段深い関係のあるものとは思われません。廣重離れのした「東海道」版画と申せば、まず五十三次見立ての役者絵などでしょうか。この類のものでは三代豊國の普通『役者東海道五十三次』と呼ばれているものなどが評判を取りました。

幕末になりまして、特に東海道版画の発兌を多からしめましたものは、文久三年並びに元治元年の将軍家茂の上洛でありました。ここに将軍を頼朝公に擬した幾多の『御上洛』の図が描かれました。ただいま持参しておりますものは、その中の『末廣五十三驛圖會』中の一枚でありまして、この組物は梅朝楼國貞、即ち後の四代豊國、魁斎芳年、五雲亭貞秀、朝霞楼芳幾、一光斎芳盛、二代廣重、一雄斎國輝、花蝶楼國周などの集筆になるものでありますが、「大磯」は国芳門下の秀才芳年が画いています。本図も『保永堂版東海道』の模倣と見ることが出来ましょう。雨は降っておらず、田の面におりる白鷺の群れが大きく取扱われている点などが相違していますが、大体の構図は『保永堂』です。

廣重門外の諸画家でもそんな有様ですから、まして彼れの後継者等は勿論師匠なり先代なりの初代模倣です。ここにお目にかけますものは二代目廣重が安藤家を飛び出し、喜斎立祥と名を改めました後に出しました中判竪絵『東海道五十三驛』の中の一枚です。先にご覧に入れました初代の筆に成る小淘綾の磯の数図と大差なきものであります。ただ異なるは空に舞う鶴と、路上の行旅中に馬上後ろ向きの旅客を加えたくらいのものです。『夫木集』に「鶴もすむ松も老たりこよろぎの」とあるところから思いついたものか、それともその頃は実際に鶴がおったものでしょうか。

世は明治と変りました。二代目が家を出ますと間もなくその後へ入夫しました三代廣重は、明治四年九月に四ツ切判竪絵『東海道五十三次』を出していますが、その中の「大磯」は旅人の一人が文明開化の蝙蝠傘を差しているのが新しいくらいのもので、構図や筆致は大体先師の

『行書東海道』を真似たものです。彼れは同八年には『東海名所改正道中記』を、また、同十八年には『明治開化東海道五十三次』を出していますが、これらのものはただ東海道の風物が次第に文明の洗礼を受けて変化しつつある様を示す点でいささか興味を惹くだけのもので、芸術味は極めて乏しいものであります。

明治五年に現れた孟斎芳虎その他の合作『書畫五十三驛』では、四代豊國の筆に成る役者絵風の虎と十郎を「平塚」に入れてしまいましたので、その代りに芳虎が鳥居風に描いた朝比奈三郎の図が『大磯』になっています。やはり芝居の草摺引からの思いつきです。ただし、文明開化の象徴としてのポスト型の枠の中には、「相模大磯、鴫立澤古跡」と記されていますので、ただおしるしだけに、上部の色紙の中に沢辺の蘆から飛び立つ鴫一羽が描かれています。なお、錦絵ではありませんが、ここに虎御前と鴫立沢を結びつけたやや変った図柄をお目に懸けます。時代は少しく遡りまするが、嘉永五年の冬に著されました笠亭仙果作の絵本『五十三次』でありまして、画は三代豊國の門人玉蘭斎貞秀が担任しています。「大磯」の部では既に髪を切った虎御前が、祐成の冥福を祈るがために信濃善光寺に赴かんとして、旅装束で数珠を手に鴫立沢辺に寂しく立っている図であります。

維新後は、矢土錦山の言を借りて申しますれば、「滄桑一変」「東海道五十三亭頓に寂寞に帰」しまして、大磯もただ海潮の岸を嚙むに委せられた古駅と化しました。しかるに、今日に至りまするもなお、当大磯町の大恩人と崇められておられまする軍医の松本順先生が、熱心に海水浴の保健衛生上における功能を教えられ、而して当町の海岸がその好適地としての諸必要条件を具備することを示されましたのと、明治二十年に鉄道が国府津まで延長せられ、これも松本氏等の尽力によって大磯駅が設けられましたこととが相俟って、このさびれ果てた旧駅は俄かに復活の色を呈し、世に時めく藩閥政治家や御用商人などが続々と別荘を建築し、旅館、料理店、芸者屋などの数も著しく増加いたしまして、建久の大磯が再び明治に甦った観がありました。ここにまた、まだ生き残っている浮世絵師の誰れ彼れによって描かれました、あくどい西洋絵具を真赤に塗った『大磯海水浴繁昌之圖』とか、『大磯海水浴富士遠景圖』とかいったような三枚続その他の錦絵が多数出版されるに至りましたが、固《もと》より版画として何の価値もないものばかりです。それ等のものよりも、私は寧ろ新しい石版画の方に幾分好感を持つことが出来ます。亀井至一の描きました洋画を大山周三が石版にのせました『東海道懐古帖』中の「大磯驛、海濱晴景」を一枚、最後にご覧に入れることと致します。「晴景」とありますが、かなり大きな雲が西の空に低く湧いて、刻々その形を変じつつある間に、足柄、箱根、天城、大室、小室などの豆相の諸山は旧態依然として海の上に浮んでいます。まことに、これらの山々は旧幕時代に廣重の描いているものと同様でありますが、廣重の筆の小淘綾の磯は、何時も波光碧を湛えて濤声を聴くこともないのに反し、この明治の石版画の方では、驚瀾が浜のさざれ石を飜して、「波も岩根をこゆるぎの」とか、「小与呂木の磯立ち鳴らしよる浪の」とか詠まれました古歌の趣を版画の上で漂わしています。

今日私どもが大磯の名勝としてすぐに念頭に泛べまする高麗山や花水川は、多く「平塚」の方で取り扱われておりました（十三ページ図版参照）。

時局下、特にご多忙のところをわざわざご来聴下さいましたにかかわらず、これぞというい絵もお目に懸けることが出来ず、また、格別面白いお話も致すことが出来なかったことを残念に思います。どうぞ、近くお寄り下さいまして、大磯版画をいま暫く、ご鑑賞いただきたいと存じます。

（『浮世繪講話』好学社、昭和二十三年）

＊　高田保　明治二十八（一八九五）年〜昭和二十七（一九五二）年。劇作家、随筆家。早稲田大学英文科卒。代表作に随筆『ブラリひょうたん』がある。昭和十八年より大磯に住み、戦後は大磯町教育委員長を務める。現在、高田公園にその名を残す。

大磯の虎

私は、ここ、六十年近く、東海道の大磯に住みついている。この町に深い関係のある有名な人物というと、近い伊藤博文や吉田茂よりも、遠い虎御前を先ず思い出す。

虎御前は稗史、小説、演劇、舞踊、絵画で有名になっているが、実在の人物であることは疑いない。十七歳の遊女、大磯の長者の女、虎を二十歳の曽我十郎祐成が年頃思い染めて、窃かに三年通ったという『曽我物語』の記述がどこまで本当か判らないが、建久四年六月一日丙申、「曽我十郎祐成妻大磯遊女（号レ虎）雖レ被レ召二出之一。如二口状一者。無二其咎一之間。被二放遣一畢」とか、同年六月十八日癸丑、彼女（ここでは故曽我十郎の妾と書かれている）が、除髪はしないが墨の衣に袈裟をつけ、亡き夫の三七日忌辰を迎え、筥根山別当行実坊で仏事を修し、和字諷誦文を捧げ、祐成の形見の葦毛の馬一匹を引き、唱道施物等をなし、直ちに出家を遂げ、信濃国善光寺に赴いた、時に年十九歳なりと記している『吾妻鏡』の叙述は先ず信じてよかろう。流布本『曽我物語』によると、虎は、その後、二十七歳になっていた手越の少将を伴い、諸国を修行したのであるが、十郎との逢う瀬を楽しんだ思い出の深い大磯を忘れ難く、この地に帰り、高麗寺の山奥に尋ね入り、侘しい柴の庵に閉じ籠り、一向専修の行に明け暮れして、七十の齢を越し、西に向って両尼肩を並べ、膝を組み、端坐合掌し、念仏百遍唱え終って、眠るが如くに往生の素懐を遂げたという。（本門寺本では六十四歳、延台寺の縁起では、虎は嘉禄三年二月十三日に五十九で歿したと伝えている）。

大磯には虎の遺跡が今もいくつかあるが、その一つに虎が池弁天というのがある。もとは、かなりの池だったといわれているが、私の知った頃には田圃になっていた。その中の小島に、もと弁天の社があったそうだが、明治になってからは、小さな家が一軒、長者林を南に望んで、ぽつんと立っていた。私の父はこの古家を買って病弱の弟（私の叔父）を長く住わせていた。叔父は、「ここは大磯第一の旧跡だ」とよく自慢していた。今はその跡形もないと聞く。

山下の長者が年四十九になっても、まだ子供のないのを憂い、この虎が池弁天に祈願して授ったのが虎御前だということになっている。

初め弁財天女が長者の夢枕に立った時、艶々《つやつや》とした美しい石を後に残した。これが、今、法華宗の延台寺という寺に宝物として保存されている「虎が石」もしくは「虎御（子）石」である。曽我兄弟が長者の屋敷で、祐経のために返り討ちになろうとした時に、十郎の身代りになった石だと伝えられている。その一方の端《はし》に矢の当った痕跡だといわれている穴がある。虎御前の性器を思わせるものがあるかも知れない。

虎御石は徳川時代の俗文学や浮世絵版画にしばしば現われる。万治年間に出た浅井了意の著と伝えられている『東海道名所記』には、この丸い石は、好い男があげれば、あがるが、無男が持てば、あがらない、色好みの石だと記されている。宝暦十二年の黒本には富川房信画の『大磯虎車塚物語』がある。降って、寛政五年版の黄表紙、山東京傳作、鳥居清長画の『富士之白酒阿部川紙子新板替道中助六《かわりましたどうちゅうすけろく》』では、朝顔仙平が大肌抜ぎになって、虎が石を持ち上げようとしているが、動きもしないのを、くわんぺら門兵衛が、お定まりの湯上り姿で見ているさまが描かれている。享和二年に出た十返舎一九作、栄水画の『東海道中膝栗毛』初編では、北八と弥次郎兵衛が、この石を見て、狂歌を詠《よ》み交わしている。

葛飾北斎の画いた五組の『東海道』版画中の「大磯」では、ほとんどみな、この虎が石を主題としている。喜多川歌麿の『美人一代五十三次』の中の「大磯」にも、やはり、虎が石の図があしらわれている。

初代廣重になると張交絵《はりまぜえ》『東海道』のなかに、元禄時代の遊女風に虎御前を画いたものや、行燈の火影に佇む寛闊出立ちの十郎を描いたものなどがある。孟斎芳虎その他の合作になる『書画五十三驛』では、四代目歌川豊國の筆に成る役者絵風の虎と十郎があるが、これは「大磯」ではなく、「平塚」になっている。その代りに芳虎が鳥居風に画いた朝比奈三郎の図が「大磯」になっている。嘉永五年の冬に著された笠亭仙果作、玉蘭亭貞秀画の絵本『五十三次』には、既に髪を切った虎御前が祐成の冥福を祈るために善光寺に赴こうとして、旅装束で数珠を手に、鴫立沢辺《しぎたつさわべ》に寂しく立っているさまが描かれている。

劇作家もまた、早くから大磯と虎御前をその戯曲中に取り入れることを忘れていない。『大磯虎遁世記』『全盛虎女石《とらが》』などが目を引く。

舞踊劇にも虎の現れるものが相当あるが、特に彼女を主題としたものでは清元の『曽我菊』がある。本名題は『尾花末露曽我菊』である。作詞は河竹黙阿弥、作曲は四世延寿太夫と二世梅吉ということになっているが、四世延寿を婿に迎えた二世延寿(二世太兵衛)の娘で、名人と呼ばれたお葉の作曲だともいわれている。初めてこの曲を開いたのは明治二十五年五月。二世梅吉の依頼を受けて、黙阿弥が謡曲『伏木曽我』に依拠して作詞したものとも記されている。

これは、すでに「身は墨染に遊女《あそびめ》の、仇なる色も世を捨てて、仏に仕」える尼法師となった虎御前が道案内に頼んだ里の翁に導かれて、岡の上の千種《ちぐさ》に埋もれて、一本の小松を標《しるし》とした見る影もない祐成の墓を訪うことを題材にした舞踊である。虎は「露とのみ消え」た愛人の跡に立って、「尾花が末に秋風ぞ吹く」と詠じる。翁は祐成最後の有様を物語る。虎は、暮れぬうちにと老翁に促され、心を残して、夕露に湿《しめ》る袂を振り払って宿舎に帰る。まことにあわれ深い舞踊である。

こんど国立劇場で催される「曽我狂言舞踊集」では、虎御前は現れない。上の巻では河津と股野の相撲の行司を喜瀬川の亀鶴がつとめ、中の巻では、手越の少将（実は静御前）、下の巻では、同じく少将（後に芸者）は出るが、虎は姿を見せない。虎は、亀鶴や少将を出して、なぜ、わたしを出してくれないのかと、九泉の下で瞋恚の炎《ほむら》に身を焼いていることであろう。

（国立劇場第十二回舞踊公演『曽我狂言舞踊集』昭和四十五年五月）

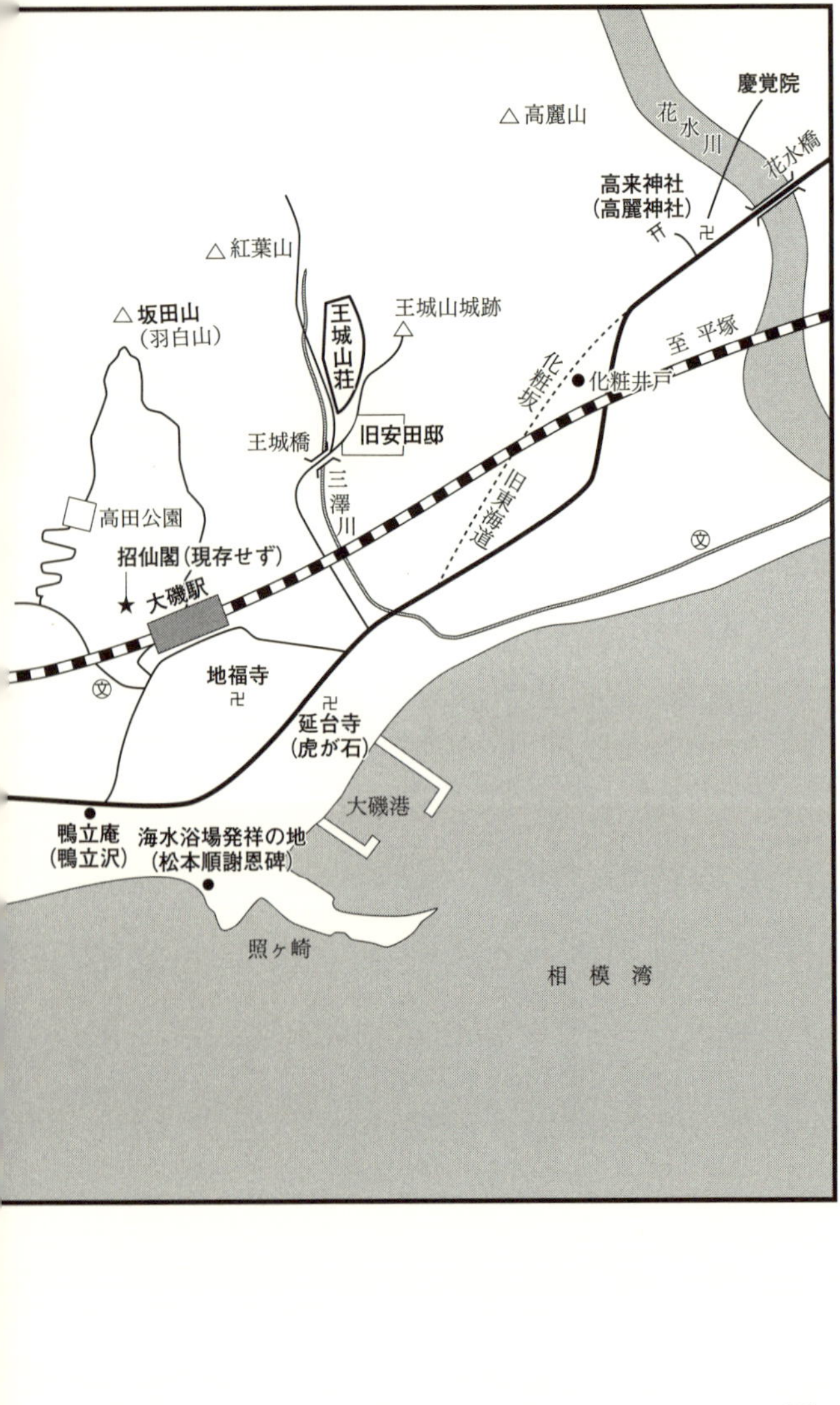

慶覚院
△高麗山
花水川
花水橋
高来神社
(高麗神社)
△紅葉山
△坂田山
(羽白山)
王城山荘
王城山城跡
至 平塚
化粧坂
化粧井戸
王城橋
旧安田邸
三澤川
旧東海道
高田公園
招仙閣(現存せず)
大磯駅
地福寺
延台寺
(虎が石)
大磯港
鴫立庵
(鴫立沢)
海水浴場発祥の地
(松本順謝恩碑)
照ヶ崎
相 模 湾

大磯町　本書関係地図

●本地図は、大磯町観光協会発行の「大磯 歴史と味の散歩路」を参考に作成した。あくまで参考地図であり、縮尺は正しくない。

●道路等についても概略を示すにとどめ、主要な道路（例国道一三四号）であっても本書に関係しないものは省略してある。

●本書に関係する史跡・地名は太字で表した。

鴫立庵

旧東海道の松並木

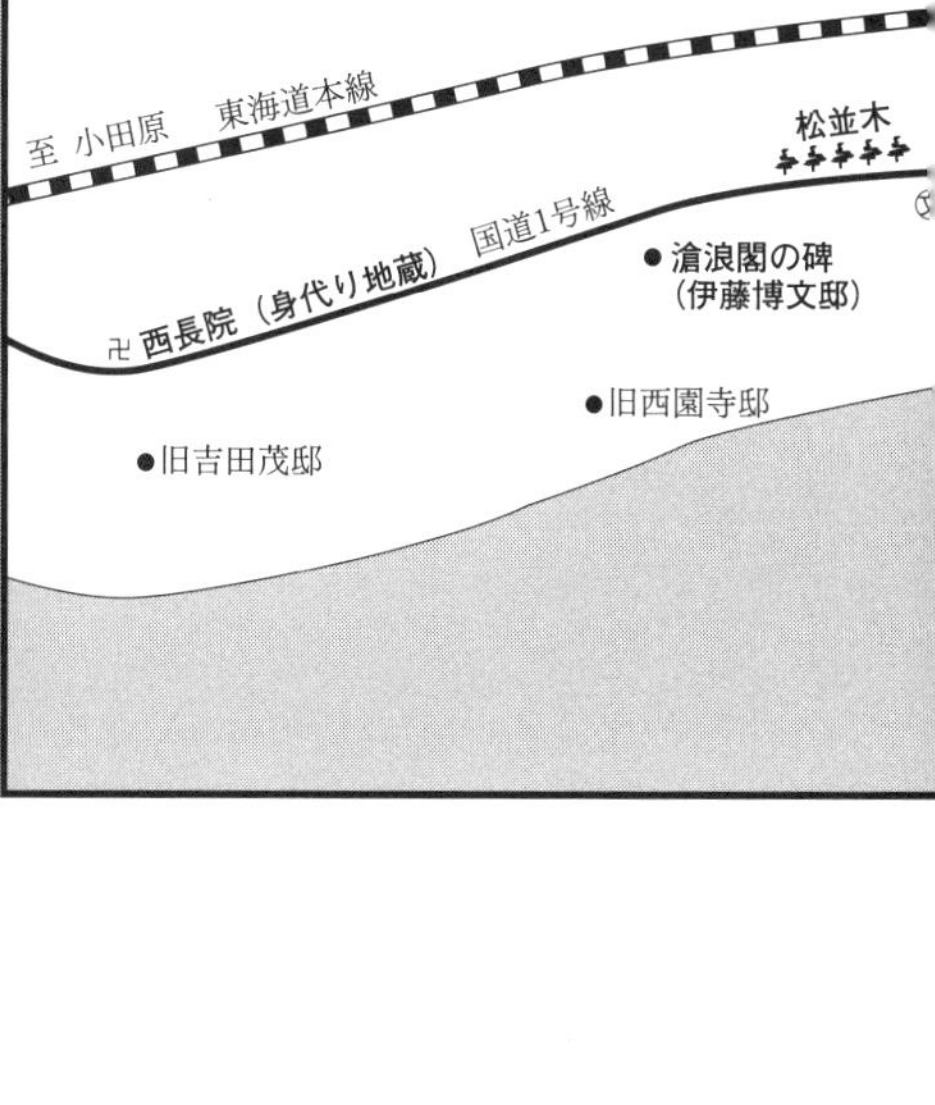

初版へのあとがき

高橋誠一郎先生は、いまから十二年前、昭和五十七（一九八二）年二月九日、九十七歳の天寿を完うして世を去られた。

高橋先生が世に残されたもののなかで、先生が愛蔵された「浮世絵」のコレクションは「高橋誠一郎浮世絵コレクション」として慶應義塾大学に納められ、ときおり各地の美術館等に出陳展観され、多くの浮世絵愛好家の眼をたのしませている。

先生が多年苦心して海外から蒐集された「古版西洋経済書」は、これまた一括して慶應義塾大学に寄贈され、研究者の利用に供されているほか、昨年（一九九三）十一月には日本橋丸善でその展示会がひらかれた。

先生はまた、数多くの文章を世に残しておられる。著書の多くは経済学に関するもの、浮世絵に関するもの、福澤諭吉に関するものであるが、『王城山荘随筆』、『大磯箚記』、『随筆　慶應義塾（正続）』、『回想九十年』そのほかの随筆集もすくなくない。また単行本におさめられていない論文・随筆、さらにおりにふれて演劇関係の刊行物などに寄せられた歌舞伎・日本舞踊に関する文章も数多く残されている。経済学説史に関する先生の主要著作は、今年に入って『高橋誠一郎経済学史著作集』全四巻として創文社から刊行され、ふたたび世に送られた。そしてこのたび、高橋先生の数多い随想随筆等のなかから、先生が長く住み慣れておられた湘南大磯に関するもの十五篇を選び、仮名づかい等を現代風にあらためため、『虎が雨』と題する随筆集を慶應通信から刊行するはこびとなった。この刊行の実現は、ひとえに慶應義塾大学経済学部の丸山徹先生と三月書房の吉川志都子社長のお力によるものである。

高橋先生は『王城山荘随筆』の序文の中で、「大正四年、父は病弱な私の為めに大磯の北に連なる丘陵の一部を卜して小さな山荘を建てゝくれた。丘の名は王城山《おうじろやま》と呼ばれてゐる」、「土地の古老は、此の山には、以前頰白《ほおじろ》が多くゐたので、頰白山《ほおじろやま》と云ったのが訛って王城山《おうじろやま》となったのだと説いてゐる」、山荘の名は〝王城山荘《おうじょうさんそう》〟とつけたとのべておられる。先生は長年、この山荘に住まわれ、あの厖大な著作の多くは山荘の書斎で執筆されたのである。晩年、先生は東京で生活されるようになったが、浮世絵や古版西洋経済書はそのまま山荘にとどめておかれた。先生の心のお住居は、最後まで大磯にあったように思われる。

高橋先生がこよなく愛された王城山荘は、いまは、加山又造画伯の山荘となっている。坂田山の側に面する斜面には、清楚な、ゆったりとしたアトリエがあらたに建てられた。山荘の主は変わっても、麓を流れる三澤川は、高橋先生が住んでおられたころと同じように、幸い今もその水は清く、その水音も昔と変わらない。先生の随筆に出てくる野兎や山鳥は、いまもそのまま山荘に住みつづけているだろうか。

一九九四年五月

服部禮次郎

編者あとがき

大磯駅から左へ折れてしばらく、三澤川の細流にかかる王城橋を渡り、旧安田善次郎氏旧邸の前を過ぎると、その奥が王城山荘である。大正四年以降、高橋誠一郎が起居した邸で、その長い学究生活の拠点でもあった。門をはいるとすぐに、深い木立の間をかなり急勾配の坂道が一丁半、邸の玄関へとつづく。

高橋の数多い随筆のなかから大磯での暮しに因む作品を編んで、『虎が雨』初版を上梓したのは平成六年のことである。この年は高橋の十三回忌にあたり、五月九日の夕刻、記念の集まりがパレス・ホテルで催された折に、ご参会の方々へのお土産として、刷り上がったばかりのこの本をさし上げたのであった。

このほど版元の在庫が切れたのを機会に、『新編 虎が雨』と題する改訂版を刊行するはこびとなった。旧版と比べて収録作品、内容に即して掲載した浮世絵、いずれも数点ずつ増補し、浮世絵はすべて高橋愛蔵のコレクションから選んだ。

改訂版のおおよその構成は、戦前・戦後の作品をそれぞれ前半・後半にふり分け、その間に戦中の日記をはさんだ。そして最後に、大磯に因む浮世絵講話を収め、著者の声と語り口とを思い出していただく趣向にした。旧版には付録として故氣賀健三博士の講演録「人間・高橋誠一郎」が収録されていたが、紙数の制約から新版では割愛せざるをえなかった。氣賀博士のご寛恕を乞わねばならない。

*

本書の書名は巻頭の随筆の題名をそのまま採った。「虎が雨」は「狐」とともに、著者が六十歳前後に達した頃の作品である。いずれも山荘の小さなできごとを緒《いとぐち》として、ここに出入りする市井の人々の身の浮沈を写す。筆はあくまでも文字を吝《おし》んで簡潔に、しかし物語の情感があわれ深い色調に染めだされた佳作である。

大正の末年、もう梅雨にはいろうという頃のある日、山荘の坂道で出会った年配の婦人――誰れやらわからぬままに、妙に親しみのわく人であった。幾日かの後、漸く記憶の糸がつながった。女は、高橋がまだ三田の塾生であった二十年の昔、ひと頃世話になった下宿屋のおかみさんにちがいない。先方も高橋を思い出し、あらためて山荘をたずねてきた。庭の青葉を五月雨が濡らす山荘の一間に、しめやかな物語りがつづく――二十年前のできごと、あの頃の人々、いまは大磯で娘に芸者をさせて暮しを立てているという女の問わず語り。二十年を間にはさんだふたりの姿が二重うつしになる。

そしてふたりの物語りを回想しているのは、この日からさらに二十年の星霜を経て初老に達した高橋である。いまもあの日のように五月雨が降りそぼる。この一篇を読む者の心の目には、いま降る雨がいつしかそのまま二十年前の雨となり、雨音を聞きながら対座するふたりの姿が浮かぶ。やがて場面が暗転し、再びいま降る雨を書斎に聞く初老の高橋の姿が現われ、この一篇の世界は完結する。現在、二十年前、さらに二十年前の昔——奥ゆきのある「時」の経過を自在に往来するうちに、市井の浮沈をつつみ込む五月雨のイメージが幾重にも重層化される。この雨のイメージのなかに、老女とその娘の身の上が雨色に染め出されるのである。

陰暦五月二十八日は曾我兄弟の忌日で、この日はきっと雨が降るとのいい伝えがある。契りを結んだ十郎祐成の死を悲しむ虎御前の注ぐ涙だという。だからこの季節の雨を「虎が雨」というのだそうである。

夜の音は恨むに似たり虎が雨　　成美

「狐」では、山荘の風情は彼岸桜の頃に変わるが、出入りの市井人のあわれを描く主題は「虎が雨」に通ずる。しかし「時」の奥ゆきとイメージの重層性は、やはり「虎が雨」が無類であろう。

むしろ「大森海岸」の話しの組み立てが「虎が雨」のそれに近い。この作品でいまと過去を媒介する使者の役割を果たすのは、かつては座敷の縁近くまで寄せていた小波の音。殆ど単色で描かれる物語のなかにただ一箇所、具体的な「色」が指定されており、私は思わずはっとした。市村座で偶然会った菊丸が丸髷に掛けた手絡の藤色である。曇り空に一点散り残った藤のような色が、物語の情感を染める色あいであるとともに、不幸な噂のなかに死んだこの女への、高橋の手向けの気持とも感じられるのである。

*

戦前の高橋は書斎と講堂とを往復する学究一筋の生活を送っていたが、戦後は慶應義塾の実質的責任者、吉田茂内閣の文相、日本藝術院長など夥《おびただ》しい公務・役職を帯びて、にわかに身辺多事の人となった。生活の変化は高橋の随筆にも反映し、「虎が雨」や「狐」に描かれたはかない市井の人々にかわって、戦後の作品には日頃交流する政・財界の要人や学者・芸術家が数多く登場する。大磯の暮しに取材した作品の数はめっきり減った。

しかしそれでも、公務から解放されて山荘に寛ぐ爽快感を、高橋はしばしば書きとめている。夏の「夕方大磯の山荘に帰り、一風呂浴びて、書斎の人となった時」の気分を高橋は「夏夜涼秋の如し」と形容している（「銷夏法」）。昭和二十二年五月、吉田茂は内閣を投げ出し、高橋も文相を辞した。翌六月、身軽になった吉田がぶらりと王城山荘を訪れ、山荘の例の一丁半の坂道を「えらい所ですなァ」と、青息吐息で登ってきた。一服ののち、高橋母堂も加わって三人で世間話しに興じた折には、「若葉を渡る風が清々と部屋に通っていた」という（「吉田茂氏追想」）。「見舞客」や「物忘れ」はとくに大磯を主題とする作品ではないが、ふとしたところに山荘の暮しぶりがうかがわれて、捨て難い味がある。

昭和三年の夏、日課となっていた照ガ崎の海水浴に出かけようとするところへ、女中が電報をさし出した。開けば「イタクラシボ　ウ……」（板倉死亡……）、なんと旧友板倉卓造氏の訃報ではないか。——「偶然にも、仏壇に向って珠数を爪繰っていた母……（中略）……も驚いて、改めて合掌したのち、灯明を消し、すぐに立って着物を出してくれた」（「見舞客」）。ところが袴の紐を結びながらもう一度電文を見直すと、これはとんだ読みちがい……（？）しかしこの短い一節に高橋と母堂との日常のひとこまが鮮かに浮かび上がる。戦中日記などを見てもわかるが、長命であった母堂は、高橋の随筆ではしばしば準主役級の登場人物なのであった。

＊

本書旧版はもともと服部禮次郎氏とご相談しながら拵《こしら》えたもので、それには同氏のお心のこもった「あとがき」が付せられている。それはこの新版にもそのまま収載させていただいた。

また延台寺住職の中島源吾氏、峯岸治三氏のご息女・笠原博子さんには、編集の過程で生じた疑問点につき、いろいろご教示をいただいた。

本書中の写真は編集部撮影と注記したもの以外すべて、慶應のカメラクラブOB橋本脩一氏のお手を煩わせた。同氏には昨年六月、十一月の二度にわたって、撮影のために大磯へ足をはこんでいただいた。二度目の大磯行の折、幾年ぶりかでご一緒に旧高橋邸の坂道を歩いた。高橋歿後、ここは故加山又造画伯のご所有となり、いまはご令息で陶芸家の哲也氏の仕事場になっている。加山氏のご好意に深く感謝の意を表する。昼食のために寄った寿司屋で「坂田山心中」の話しが出たが、店の若主人はもとよりこの事件を知らず、年配者たちは苦笑した。帰りがけには甘党の橋本氏につきあって西行饅頭を商う菓子屋に寄った。そしてここで漸く「天国に結ぶ恋」の話しがつうじて、しばしの談笑がはずんだのであった。

平成二十三年三月十八日

丸山　徹

高橋誠一郎の随筆集（現在市販されている作品）

『芝居のうわさ』（青蛙房）平成十年

『劇場往来』（青蛙房）平成二十年

『新編　随筆慶應義塾』（慶應義塾大学出版会）平成二十一年

『わが浮世絵』（三月書房）平成二十一年

著者紹介

高橋誠一郎

明治 17（1884）年新潟に生まれる。明治 31（1898）年慶應義塾普通科入学。明治 41（1908）年慶應義塾大学部政治科卒。大正 3（1914）年慶應義塾大学部理財科（現在の大学経済学部）教授に就任し、経済原論・経済学史を講ずる。以来、昭和 53（1978）年まで三田で講義を続け、義塾における経済学研究の礎を築いた。昭和 21 年～ 22 年慶應義塾長代理。日本学士院会員。文部大臣、日本藝術院院長、国立劇場会長等を務め、戦後の文化行政を指導した。昭和 54 年文化勲章受章。昭和 57（1982）年 2 月 9 日逝去。『重商主義経済学説研究』をはじめとする経済学上の主著は『高橋誠一郎経済学史著作集』（全 4 巻）にまとめられ、また愛着の深かった浮世絵については『浮世絵二百五十年』および『高橋誠一郎コレクション・浮世絵』（全 7 巻）、その他多くの随筆集がある。

新編　虎が雨

2011 年 6 月 15 日　初版第 1 刷発行

著　者――――高橋誠一郎
発行者――――坂上　弘
発行所――――慶應義塾大学出版会株式会社
〒 108-8346　東京都港区三田 2-19-30
TEL〔編集部〕03-3451-0931
〔営業部〕03-3451-3584〈ご注文〉
〔　〃　〕03-3451-6926
FAX〔営業部〕03-3451-3122
振替　00190-8-155497
http://www.keio-up.co.jp/
装　丁――――鈴木　衛＋白崎まもる
印刷・製本――萩原印刷株式会社

Printed in Japan ISBN978-4-7664-1847-7